唐詩の系譜

名詩の本歌取り

矢嶋 美都子 著

研 文 出 版

唐詩の系譜——名詩の本歌取り

目次

唐詩の系譜——名詩の本歌取り

はじめに

中国の古典詩の中でも唐詩は、王維や李白、杜甫、白楽天、杜牧など優れた詩人の名詩名作の宝庫です。唐代に名詩が多いのは、「詩」（近体詩）が科挙（官吏登用試験）の試験科目だったことが大きな要因です。科挙は身分制度が固定していた六朝貴族社会では考えられなかった一般の人に政界や官界に入り立身出世する夢をあたえたので、大勢の人が科挙に合格しようと「詩」（近体詩）の習得に努力したのです。「近体詩」は詩の形や韻律の決まりなどの制約が課せられた新しい詩の形です。初唐の人は詞藻を六朝詩から採り、「近体詩」の決まりに従って作詩し、次の盛唐の人は送別詩ならば、「近体詩」で作られた初唐の送別詩をお手本にして磨きをかけました。以後、中唐や晩唐の人も先輩たちの詩に倣いつつ、また彼ら同士でも、科挙に合格して官僚になった後は必ずしも皆が詩作に励むわけではないのですが、互いの詩を参考に切磋琢磨し構成法や修辞法などに磨きをかけました。こうして大量に名詩、名作が作られたのですが、その中で注目される技法が本歌取りです。「近体詩」は詩形が短くテーマやモチーフが明確なので本歌取りしやすいからと思われますが、唐代になって、この技法の面白さや利便性が意識され、多用されました。社交の具として詩を作り応酬しあう機会は、朝廷の行事や儀式、官僚や貴賓の送別会や歓迎会、旅先や友人同士の交際など多くあり、そういった場面で「本歌取り」した詩を披露すると、その場の人たちは本歌を想起して二倍、三倍に楽しみ、今風にいえば大いに受けたからと想像されます。「本歌取り」は本歌の句や語彙、あるいは本歌を有名ならしめた視点や構図、構想を少しずらして用います。うまく本歌取りできた詩には機知に富んだ表現や作者の思いが露骨にならずに織り込まれ、本歌や本歌がお手本にした六朝詩のイメージも重なって重層的な深い詩想が詠われています。しかし残念なことに作者と本歌を共有できていない今日では、本歌取りしている詩と気づかない場合が多く、作者の意図や工夫をくみ取れず、なんだか釈然としないところのある変な詩、と思われがちです。

本書は、語句の意味解釈だけでは釈然としない表現のある唐詩（本歌取りしている詩）の本歌を探す途中で出会った幾多の作品を系譜として整理してみたものです。この系譜から、まず本歌自体が過去の詩を見事に取り入れた名作であること、それを本歌取りした詩からは、当時の詩人たちが本歌の何処を評価し、そこにどのような工夫をして自分らしさを出しているのかよくわかります。そしてここが唐詩の見どころ、味わい深いところなのだと改めて気付かされます。また系譜の作品を通覧すると、本歌取りの創意工夫の痕跡から本歌を織り込む詠いぶりの変化も見て取れ、「近体詩」が成熟する過程が感じとれます。なお、唐代の凡そ三百年は、文学史的には初唐・盛唐・中唐・晩唐とするのが通例で、詩人も活躍した時期によりこの四類で表記されますので、作者には、便宜的に初唐や盛唐など と冠しておきました。ただ早熟な天才も晩成型の詩人もいるので、例えば、初唐の張九齢や盛唐の孟浩然や王維、或は盛唐の李白と中唐の劉長卿の交流など、この四分類と詩人たちの交流の時期は完全には区別されない場合もあります。

序《ついで》ながら「本歌取り」は本来、和歌などで先人の作の語句、発想、趣向を取り入れて作る（重層的で複雑な世界を創造する）技法であり、「本歌取り」を直訳する中国語が無いことからも分かるように、中国の古典詩では同様のことを説明する際には誰の某詩を踏まえる、意識する、下敷きにする、影響を受けているなどと表現するのが一般的です。しかしある時、「本歌取り」といった方が少なくとも日本人学生にはより分かり易く伝わるのではないか、と気付いたので本書でも「本歌取り」の語を用いてみました。唐詩の名作、名詩に創造された重層的で複雑な世界、修辞の面白さを味わっていただければと願っています。

一　初唐・張九齢の「照鏡見白髪」詩を本歌とする詩
――官僚人生の哀歓を詠う詩の系譜――

一　立身出世と不遇を象徴する「青雲」「白髪」の対句

盛唐の李白の有名な詩に「秋浦歌」（秋浦の歌）があります。次のような内容です。

盛唐・李白の「秋浦歌」（秋浦の歌）

白髪三千丈　　白髪三千丈
縁愁似箇長　　愁に縁りて箇の似く長し
不知明鏡裏　　知らず明鏡の裏
何処得秋霜　　何れの処にか秋霜を得たる

（鏡に映る）私の「白髪」は三千丈（約千メートル）もあろうかと驚くほど長い、積もった愁いのためだ。明るく澄んだ鏡の中の、秋の霜のような白髪はどこからきたものだろう。

この詩は、晩年の李白が明鏡（澄んだ鏡）に映る白髪をみて、老いの驚きを詠ったもの。「白髪三千丈」の句がその驚きを表しています。この詩の価値はこの解釈で十分なのですが、張九齢の「照鏡見白髪」詩を本歌取りしている、とみると「白髪三千丈」の句には、若いころ抱いた青雲の志、立身出世の夢破れた不遇な身の上を嘆く気持ちが籠められていることが窺え、単に老いのショックを詠った詩と見るより味わい深い詩と分かります。張九齢の「照鏡見白髪」詩は次のような内容です。

初唐・張九齢「照鏡見白髪」（鏡に照らして白髪を見る）詩

宿昔青雲志　　宿昔　青雲の志
蹉跎白髪年　　蹉跎たり白髪の年
誰知明鏡裏　　誰か知らん　明鏡の裏
形影自相憐　　形影　自ら相い憐れまんとは

昔は青雲の志を抱いていたが、人生に躓いてもたもたしているうちに白髪頭の年になってしまった。誰が知っていたであろうか、明鏡の中で、私と鏡に映った私の影（姿）が互いに憐れみあうようになるとは。

この詩は、若いころは青雲の志を抱くが果たせぬうちに白髪頭の老人になってしまう、というテーマを詠ったもの。前半は「青雲」と「白髪」の対比が洒落ていますし、後半は「影」(鏡に映った姿)と「形」(鏡の前の自分)とが憐れみあう、と老いの嘆きを少しユーモラスに擬人化した表現です。「青雲の志」は、天子を補佐して天下太平の理想の世にする志、そのために天子に近侍出来る高位高官に立身出世しようとする意味で、「青雲」は若さや立身出世を象徴しています。「白髪」は、表面は老いを象徴する語ですが、低い身分や左遷、仕官を求めて放浪中など、栄達や昇進とは無縁な不遇な状況を含意します。晩年に(五五歳ころ)、その名もわびしい秋浦(今の安徽省貴池県)を放浪していた李白には、張九齢の詩の「蹉跎たり白髪の年」がつくづくと実感されていたと思われます。「蹉跎」は、人生に失敗や挫折を重ねているうちに時期を逸すること。李白の詩の三句目「不知明鏡裏」は、張九齢の詩の三句目「誰知明鏡裏」とほとんど同じですから、当時の読者には張九齢の詩が二重写しになり、「青雲」を詠っていなくても天子のお側に侍れない状況、若さと立身出世の夢が失われた意味も伝わるのです。李白は四二歳からあしかけ三年ほど翰林供奉として都長安の朝廷に出仕し、玄宗の覚えめでたく近侍して名作を献上していました。そこで体験した「青雲」の世界がどれほど素晴らしいか、驪山にある華清宮の温泉へ玄宗に随行した時の詩で、次のように手放しで得意げに詠っています。

盛唐・李白の「駕去温泉後贈楊山人」（駕して温泉に去るの後、楊山人に贈る）詩

……

忽蒙白日回景光　忽ち白日の景光を回らすを蒙り
直上青雲生羽翼　直ちに青雲に上る羽翼を生ず
幸陪鸞輦出鴻都　幸いにも鸞輦の鴻都を出ずるに陪し
身騎飛龍天馬駒　身は飛龍天馬の駒に騎る
王公大人借顔色　王公大人　顔色を借し
金璋紫綬来相趨　金璋紫綬　来りて相い趨る
当時結交何紛紛　当時の結交　何ぞ紛紛
片言道合惟有君　片言にて道　合するは　惟だ君有るのみ
待吾尽節報明主　待て　吾が節を尽くして明主に報ずるを
然後相携臥白雲　然る後に相い携えて白雲に臥せん

…ある時ふと白日（天子様）の恩沢を蒙ると、すぐに青雲に登る羽が生えた（朝廷に上がり自由に活躍できるようになった）。幸いにも天子様の御車に陪従して都長安を出る際には、我が身は飛龍や天馬といった名馬に乗り随行する。王公や大人（高貴な身分の人達）が私の面子を重んじ、金璋や紫綬を帯びる高位高官は私の前に来るとへり下り小走りして通り過ぎる。目下交際する知人はなんとも多いこと

よ、だが短い簡単な言葉を交わしただけで心が通じ合うのは楊山人だけだ、だから私が節義を尽くして天子様にご恩返しをするのを待っていてくれ、そうしたら君とともに白雲の中に隠棲する。

「青雲」の中で翼を得た鳥のように自由に玄宗のお側に侍り、大官や高貴な身分の人々と親しげに交際する李白の様子から、輝かしい「青雲」の世界の一端が窺えます。「青雲」の世界を満喫した李白でしたが、やがて宦官の高力士らの讒言により朝廷から追放されて放浪の身となります。そのころの詩では、次のように詠っています。

李白の「憶旧遊寄譙郡元参軍」（旧遊を憶い譙郡の元参軍に寄す）詩

……

此時行楽難再遇　　此の時の行楽　再び遇い難く
西遊因献長楊賦　　西遊因りて献ず長楊の賦
北闕青雲不可期　　北闕の青雲　期すべ可らず
東山白首還帰去　　東山白首　還た帰り去る

…あの時の元参軍との行楽は二度とないと思うほど楽しかったが、私は西方の都長安に上り漢の楊雄が「長楊の賦」を献じたように天子様に詩文を献上し才能を喜ばれた、しかし朝廷での青雲（立身出世）は期待できず、東山に白頭（白髪）になって帰って来た。

「青雲」「白首」の対句は、朝廷での「青雲」（立身出世）が期待できず、白首つまり白髪頭で東山に隠棲する、というもの。東山は、浙江省会稽にある山で、ここは「東山高臥」（東晋の謝安が東山で風流な隠棲生活を楽しんだ）や「東山再起」（謝安が要職に復帰して東晋の王室を助けた）の故事を意識しています。李白が「青雲」復帰を目指していたことは友人に支援を頼んだ詩の「他日青雲に去らば、黄金もて主人に報ぜん」（「贈友人」詩其三）等からも分かりますが、上手くいかなかった。同じような境遇の友人に同情を寄せた詩から、その心持が窺えます。次の詩です。

李白の「送趙判官赴黔府中丞叔幕」（趙判官が黔府の中丞叔の幕に赴くを送る）詩

廓落青雲心　　廓落たる青雲の心
交結黄金尽　　交り結んで黄金尽く
富貴翻相忘　　富貴　翻って相い忘れ
令人忽自哂　　人をして忽ち自ら哂はしむ
　…後略

君は廓落（心が広くさっぱりとした性格）で青雲の志をもって、富貴な人たちと豪勢に交際して黄金を使い果たした、すると富貴の人達は手のひらを返したように君のことを忘れ、君に（あんな人たちと交際していたのかと）自嘲の笑いをさせた…。

この詩は、黔府（貴州省）の幕僚になる趙判官（伝不詳）を見送ったもの。趙判官は「青雲」に上がろうと黄金を尽くして青雲にいる富貴の人たちと交際したけれど富貴の人は金の切れ目が縁の切れ目で、彼を引き上げてくれなかった。李白は「青雲の志」を持つ君はまだ若い、就職活動資金がなくなっただけだ、と趙判官を慰め励ましています。ここの「富貴翻って相い忘れ」の句には、「青雲」復帰を求め続けてだめだった李白の苦い思いが感じられます。「秋浦歌」は、たまたま鏡を見た李白が随分白髪が増えたなあ、と驚いたことを詠ったものですが、張九齢の詩を本歌取りしたことで、「青雲」から追放されて長い不遇な時をすごしたものだ…という愁いも暗示できて、詩想に深みが出ました。

張九齢の「照鏡見白髪」詩は李白だけでなく、以下に見るように他の詩人にも「青雲」と「白髪」の対句をキーワードに、官僚人生の哀歓、立身出世と不遇を詠う詩で本歌取りされています。その理由はまず、張九齢が初唐から活躍し、盛唐の玄宗朝では官僚として最高位の宰相にまで上りつめた科挙出身官僚の大成功者でかつ宮廷文壇の領袖でもあったから、つまり彼の詩が科挙の受験生や官僚たちのお手本にされたことが背景にあります。さらにこの詩をよく見ると、古来の鏡を見る詩や老いを嘆く詩を集大成した名作だと分かります。まず鏡の詩は、六朝時代の詠物詩の盛行の中で多く作られ、鏡の美しさや留守居の妻或は失寵の宮女が鏡を見て化粧しながら嘆く様子を主なテーマとして詠われました。例えば次の詩があります。

梁・何遜の「詠照鏡」（照鏡を詠ず）詩

……

玉匣開鑑形　玉匣をば開きて形を鑑

宝台臨浄飾　宝台に臨みて浄飾す

対影独含笑　影に対して独り笑を含み

看花空転側　花を看て空しく転側す

…中略

蕩子行未帰　蕩子行きて未だ帰らず

啼粧坐沾臆　啼粧坐ろに臆を沾す

…玉飾りの箱を開き（鏡を出して）形（わが姿）を映し、綺麗な鏡台に向ってお化粧する、影（鏡に映った我が姿）に向かいひとりで笑い、（かんざしの）花を見て空しくしなを作る…蕩子（夫）は出かけたきりまだ戻らない、化粧した顔からつい涙が流れ胸をうるおす。

これは留守居の妻が鏡に向かって化粧しながら蕩子（不在がちの遊び人の夫）を思う詩。鏡に我が姿（「形」）を映し、鏡に移った我が姿（「影」）に向かって笑ったりしなをつくってみたりする少しコケティッシュな妻の様子が印象的です。張九齢の詩の四句目、「形影自相憐」の原型です。初唐になると、鏡に映る白髪をみて若い時の志が失われた歎きや不遇をテーマにした「覧鏡」（鏡を覧る）という詩題の作品が作られます。例えば初唐・沈佺期の「覧鏡」詩は、次のような内容です。

初唐・沈佺期の「覧鏡」詩

霏霏日揺蕙　霏霏たるに日は蕙を揺らし
騒騒風灑蓮　騒騒として風は蓮に灑ぐ
時芳固相奪　時芳固より相い奪う
俗態豈恒堅　俗態豈に恒に堅からんや
恍惚夜川裏　恍惚たり夜川の裏
蹉跎朝鏡前　蹉跎たり朝鏡の前
紅顔与壮志　紅顔と壮志
太息此流年　太息す此の流年

雲が飛ぶ日に蕙（香草）は揺れ、ざわざわとした風は蓮に吹く、若い時の名声は他人に奪われてしまうものだが、世俗の権威、権勢とて永遠であろうか、ぼんやり夜の川を渡ったように、人生に躓いて朝の鏡の前にたてば、若さと壮志が失われた我が顔が映り、過ぎ去った年月にため息をつく。

この詩は紅顔（若さ）と壮志（勇ましい志）が失われ、空しく老いたという歎きを詠ったもの。「紅顔与壮志」の句は張九齢の詩の「青雲志」の原型で、ここに「蹉跎」の語も出現しています。沈佺期（六五六〜七一四）は二十歳のころに、科挙の進士科に合格、則天武后に気に入られ、朝廷で活躍した詩人です。沈佺期と科挙の試験に同期合格した劉希夷（六五一〜六七九?）も「覧鏡」詩を作っています。次のような内容です。

劉希夷の「覧鏡」詩

青楼挂明鏡　青楼に明鏡を挂け
臨照不勝悲　照に臨めば悲しみ勝えず
白髪今如此　白髪今此の如し
人生能幾時　人生能く幾時ぞ
秋風下山路　秋風　山を下る路
明月上春期　明月　春に上る期
歎息君恩尽　歎息す君恩尽き
容顔不可思　容顔　思うべからざるを

美しい高殿に明鏡を挂け、（我が姿を）照らしてみればとても悲しい、今やこのような白髪頭、人生（若い時）はどれくらいあろうか、秋風が山を吹き下り、明月が上る春となる（季節は巡り）、君の恩愛は尽きて、（老い衰えた）この顔を思うはずもない。

この詩は六朝詩の鏡の詩を踏襲した詠いぶりですが、七句目の「歎息す君恩尽き」には不遇のまま老いる嘆きが籠められています。張九齢は「明鏡」の語をこの詩から得たと思われます。他にも科挙に同期合格した宋之問（六五六〜七一三）がいて、その「入瀧州江」詩にも「鏡に玄髪の改まるを愁い、心に紫芝の栄に負く」と詠われており、初唐のころ、鏡に映る白髪を見て老い（不遇な人生）を嘆くテーマが開発されていたと分ります。これを近体詩の五言絶句で作詩したのが、沈佺期の友人でおなじころ則天武后朝で活躍した李崇嗣（伝記は不明）で、彼の「覧鏡」詩は次のような内容です。

李崇嗣の「覧鏡」詩

歳去紅顔尽　　歳去り紅顔尽き
愁来白髪新　　愁来り白髪新たなり
今朝開鏡匣　　今朝　鏡匣を開ければ
疑是別逢人　　疑うらくは是れ別に人に逢うかと

歳月が過ぎ去り若さは失われ、愁いが来て白髪が生える。今朝、鏡匣を開けて顔を映して見たら、別人に逢ったのではないかとみまごうほど（老け込んだわが顔が映っていた）。

この詩は、前半の「紅顔尽き」と「白髪新たなり」の対比が色鮮やかで、五言絶句としても完成した作品です。鏡に映った顔は別人のようだ、というのは素朴な比喩ですが、鏡を見て老いぶりに驚いたという発想が注目されます。この詩の「紅顔尽」と「白髪新」の対句は、老いというテーマを詠った六朝・西晋の陸機の「詠老」詩をお手本にしています。

六朝・西晋の陸機の「詠老」詩

軟顔収紅蕊　　軟顔　紅蕊を収め
玄鬢吐素華　　玄鬢　素華を吐く
冉冉逝将老　　冉冉として逝いて将に老いんとす
咄咄奈老何　　咄咄　老を奈何せん

若かった顔は紅蕊（紅色の花、美しい若さ）をしぼませ、黒髪に素華（白い花、白髪）が咲いた、だんだんと老いに近づいているのだ、ああ（なんともショックなことだが）この老いをどうしたものか。

この詩は平仄の合わないところがあるので五言絶句ではありませんが、五言絶句のさきがけと目される作品です。前半の「紅蕊」（赤い花、美しい若さ）がしぼみ、素華（白い花、白髪）が咲く、という対句は色の対比の美しさと「老い」を際立たせるうまい修辞です。李崇嗣はここの老いの詠いかた、発想に着目して「歳去り紅顔尽き」「愁来り白髪新たなり」の対句を創造し、当時流行のテーマ「鏡を見る」詩に織り込んで、五言絶句にしてみせたのです。張九齢はこれに刺激を受け、同じく五言絶句で「老い」をテーマに「青雲志」と「白髪年」の対句を創造したと思われます。この「白髪」と「青雲」の対句は、初唐の陳子昂の詩の次の表現からアイディアを得たものと思われます。

陳子昂の「送別出塞」（出塞を送別する）詩

平生聞高義　平生高義聞こえ
書剣百夫雄　書剣百夫の雄
言登青雲去　言に青雲に登り去るは
非此白頭翁　此の白頭の翁に非ず
…中略
単于不敢射　単于敢えて射ず
天子佇深功　天子深功を佇つ
蜀山余方隠　蜀山に余は方に隠れんとす
良会何時同　良会何れの時か同にせん

君は日頃から行いが崇高で正義に適っていると評判で、文武ともにすぐれ多くの男のトップである。いま青雲に上ってゆくのは君で、この白髪頭の年寄りではない…単于（異民族の長）も敢えて君に弓を射らず、天子様は君の大手柄を待ち望んでおられる。私は蜀（四川省）の山中に隠棲しようとしているので、よい宴会をいつともにできるか分からない。

これは辺境防備に出かける人を見送った詩。ここの「青雲に登る」は、若者が戦で手柄を立てて立身出世する意味です。そして「青雲に登る」のはこの私「白頭の翁」ではない、という。白頭翁は白髪頭のおじいさんの意味ですが、当時、大流行した劉希夷の「代悲白頭翁」詩「…此の翁白頭真に憐れむ可し、伊れ昔紅顔の美少年…一朝病に臥して相識無く、三春の行楽誰辺に在る…」を意識した語で、老いだけでなく不遇も含意します。張九齢はここから若さと立身出世、老いと不遇という対極概念を含意する語を見出し、「青雲」「白髪」の対句として、「照鏡見白髪」詩に取り入れたのです。陳子昂（六六一〜七〇二）は蜀（四川省）の資産家の家に生まれ、放蕩無頼な生活から学問に目覚め、上京して二十三歳で科挙の進士科に合格し、則天武后に気に入られ活躍しました。しかし三十歳になる前に故郷の父親の看病をするためと称して帰郷してしまいました。

以上の初唐の詩の作者は李崇嗣の伝記が不明以外は皆、若くして科挙の進士科に合格し朝廷でも活躍した初唐を代表する詩人ですから、科挙の受験生は彼らの詩を「近体詩」のお手本として読んでいた。それでこれらの詩をうまく取り入れた張九齢の「照鏡見白髪」詩を見た時に、その措辞の巧みさ含蓄の深さを理解できたし、センスのよさにも感心して名作と認識した、と思われます。「照鏡見白髪」詩は以下のように本歌取りされています。

盛唐・岑参の「寄左省杜拾遺」（左省の杜拾遺に寄す）詩

聯歩趨丹陛　　歩を聯ねて丹陛に趨き
分曹限紫微　　曹を分って紫微に限らる
暁随天仗入　　暁には天仗に随って入り
暮惹御香帰　　暮には御香を惹いて帰る
白髪悲花落　　白髪　花の落つるを悲しみ
青雲羨鳥飛　　青雲　鳥の飛ぶを羨む
聖朝無闕事　　聖朝　闕事無し
自覚諫書稀　　自ら覚ゆ　諫書の稀なるを

（朝廷に出勤する時は）連れ立って宮殿の階段をのぼり、紫微宮の右側と左側に分かれている役所でそれぞれ執務する。朝には天子の儀仗兵に従って入り、夕方には宮中のお香のかおりを帯びて帰る。私も白髪（老いて低い官位のまま）で花が散る（時が過ぎる）ことが悲しく、青雲のなかを飛ぶ鳥（高位高官）が羨ましい、しかし今や聖天子の朝廷に欠陥は無く、天子を諫める書類を呈出する必要はほとんどないと思う。

この詩は、岑参（七一五〜七七〇?）が杜甫（七一二〜七七〇）に左拾遺の職務に張り切りすぎだと、忠告したもの。前半四句は、岑参と杜甫の二人が宮中に出勤・退勤する様子。杜甫は左省（門下省）に属する左拾遺、岑参は右省（中書省）に属する右補闕で、どちらも天子の落ち度などを諫める諫官です。五、六句目の「白髪」と「青雲」の対句は、張九齢の詩の本歌取りで、自分も「白髪」（低い官位）のまま花が散る（老いてゆく）のは悲しく、「青雲」（朝廷、天子のお側）の中を自由に飛ぶ鳥（高位高官）が羨ましい、と杜甫への共感を示したもの。句中の「花」と「鳥」は、杜甫の「春望」詩の「時に感じて花にも涙を濺ぎ、別れを恨みて鳥にも心を驚かす」を意識して用いた語。当時、役人の官品（階級）は九段階あり、上位の一品〜三品までは正と従に分けられ、四品〜九品は正と従の区分に更にそれぞれ上と下に区分されます。この詩を書いた時、岑参（四十三、四歳）の官品は従七品上、杜甫（四十六、七歳）は従八品上です。岑参は三十歳の時に科挙で最も難関の進士科に合格しており、杜甫は科挙に不合格のままですが、二人が低い官位を悲しみ立身出世を渇望する気持ちは言わずもがなです。最後の二句は、出世をめざして諫書を盛んに準備する杜甫への婉曲な忠告。杜甫が左拾遺の職務に励んでいたことは、「明朝封事有り、数しば問う夜は如何と」（夜が明けたら天子様に意見書を奉ずるのだ、何時だと何度もたずねるが夜はまだ明けない「春宿左省」詩）や「退食従容として出ずること毎に遅し」（朝廷から退勤するのはいつも遅い「宣政殿退朝晩出左掖」詩）、「人を避けて諫草を焚き、馬に乗れば鶏棲ならんと欲す」（人目を避けて諫書の草稿を燃やし、帰宅の馬に乗れば鶏もねぐらに帰る夕暮れだ

「晩出左掖」詩などからも窺えますが、はりきりすぎて職にあること一年で、越権行為を犯したとして左遷されてしまいます。なお、杜甫自身が老いて不遇だと感じていたことは、岑参のこの詩に答えた「奉答岑参補闕見贈」詩の「…故人佳句を得、独り白頭の翁に贈る」（我が友岑参は佳句ができて、この白髪頭の年寄りにだけ詩を贈ってくれた）から推察されます。白頭翁は、劉希夷の「代悲白頭翁」詩を意識した語です。

なお、この詩の「白髪」「青雲」の対句を張九齢「照鏡見白髪」の本歌取りと気付かずに、「青雲」を隠遁の志のたとえとして、辞職して鳥のように自由な身となりたいという説もある、と「青雲を望んでは、高く飛ぶ鳥の自由な境地をうらやむありさまだ」とする訳もあります。しかし岑参のこの「青雲」は、張九齢「照鏡見白髪」詩を本歌取りした「白髪」「青雲」の対句の「青雲」です。それはこの対句を用いて官僚人生の栄達と不遇を詠う岑参の以下の作品からも分かります。「白髪」の詠じ方にいろいろ工夫しています。

岑参の「送王録事赴虢州」（王録事が虢州に赴くを送る）詩

早歳即相知　　早歳即ち相い知る
嗟君最後時　　嗟す君が最も時に後るることを
青雲仍未達　　青雲仍お未だ達せず

黒髪欲成糸　　黒髪糸を成さんと欲す

…後略

早くから君を知っているので、君の出世が最も遅れているのが残念で気の毒だ。青雲（高位高官）にまだ到達していないのに、黒髪は糸（白髪）になろうとしている…。

この詩は虢州（今の河南省霊玉県）に出される王録事（伝不詳）を見送った時のもの。王録事は「後時」（出世の時期が遅れる）で気の毒だ、「青雲」に到らないまま黒髪が糸「白髪」になってしまいそう、立身出世しないまま老いてしまいそうだ、と同情する気持ちを述べています。「青雲」「黒髪」の対句は「黒髪」が糸（白髪）になりそうだ、と本歌の「白髪」に変化をつけた表現で、意味は本歌と同じです。

岑参の「送魏升卿擢第帰東都因懐魏校書陸渾喬潭」（魏升卿の擢第して東都に帰るを送り、因りて魏校書と陸渾の喬潭を懐う）詩

……

陸渾山水佳可賞　　陸渾の山水　佳にして賞す可し

蓬閣閒時亦応往　　蓬閣閒時　亦た応さに往くべし

自料青雲未有期　　自ら料るに青雲　未だ期有らず

誰知白髪偏能長　　誰か知らん白髪　偏えに能く長し

…後略

…喬潭が勤務する陸渾の地は山水観賞にいい所です、蓬閣に勤務する魏校書も暇な時にはきっと訪ねるでしょうね。私にはまだ青雲（都長安の朝廷で立身出世する）の機会がなさそうです、私の白髪（不遇）がいやになるほど長くなったことを誰が知るでしょうか…。

この詩は、擢第（科挙に合格）した魏升卿が東都（洛陽）に帰るのを見送り、洛陽にある蓬閣に勤務する魏校書と近くの陸渾（河南省嵩県東）の尉になっている喬潭を羨む気持ちを詠ったもの。ここでは、白髪の長さに着目して「白髪　偏えに能く長し」と、岑参の不遇な時期が長いことを、白髪がいやになるほど長くなったと、表現しています。「偏えに」には自分の気持ちに反して、いじわるにもというニュアンスがあり、「偏」の字が効いています。岑参は科挙の進士科に合格してから中書省の右補闕になるまでの十数年間に、節度使の幕僚となって二度も辺塞勤務に赴きました。この詩は、二度目の辺境へ赴く前の年の作です。

岑参の「佐郡思旧遊」（佐郡に旧遊を思う）詩

……

同類皆先達　　同類は皆先に達するも

非才独後時　非才は独り時に後れる
庭槐宿鳥乱　庭槐　宿鳥乱れ
階草夜虫悲　階草　夜虫悲しむ
白髪今無数　白髪　今無数にして
青雲未有期　青雲　未だ期有らず

…（科挙に合格した）同輩は、皆私より先に官位が進んでいるのに、才能のない私は独り（昇進の）時期を失った。庭の槐（天子の補佐の地位を象徴する木）をねぐらとする鳥は乱れ、階段のそばの草むらでは夜の虫の音が悲しい、今や白髪は数え切れないほど増えたのに、まだ青雲（都長安の朝廷で立身出世する）の機会はない。

ここでは「白髪今無数にして」と白髪の本数に着目し、その多さで不遇な状況のひどさを表現しています。この詩は岑参が右補闕から虢州（河南省霊宝県）長史に出された時のもの。「白髪」「青雲」の対句は、地方に出されとても不遇だ、いまだに「青雲」の期（時期、機会）は来ない。ということを表現しています。この詩の序文に「己亥の歳の春三月、右補闕から起居舎人に転じ、夏四月に虢州長史の欠員補充に充てられた、…地方官の仕事の煩瑣を悲しみ、中書省の清閑さを思い、右左両省の昔からの友にこの詩をお見せします」とあり、岑参の「青雲」への思い、都の朝廷が恋しく早く戻りたい気持ちが伝わります。次の詩も同じころのものです。

岑参の「虢州酬陝西甄判官見贈」（虢州にて陝西の甄判官の贈らるるに酬ゆ）詩

微才棄散地　微才　散地に棄てられ

拙宦慙清時　拙宦　清時に慙ず

白髪徒自負　白髪　徒ずらに自負するも

青雲難可期　青雲　期す可きこと難し、

…後略

才能の乏しい私は権力のない低い役職に棄てられ（虢州長史に出され）、世渡り下手で太平の御代に閑職に追いやられ天下国家のお役に立てず恥ずかしい限りです、白髪ながら空しく自分の能力を自負していますが、青雲は期待することが難しいのです、…後略。

これは甄判官（陝西節度使の甄済）から贈られた詩への返詩。前半二句は、盛唐・孟浩然の「不才にして明主に棄てられ」（「歳暮帰南山」詩）と「済らんと欲するに舟楫無し、端居聖明に恥ず」（「臨洞庭上張丞相」詩）を踏まえた句作りです。三、四句目の対句は、自分は白髪（老いて不遇）だが天下国家の役に立つ能力があると自負している、でも青雲（都の朝廷で自分の才能を発揮する機会）はなかなか得られない。三句目の「白髪　徒ずらに自負するも」は、岑参の屈折した自己アピールです。私を都の朝廷の役人に戻してくださいという岑参のお願いが、「白髪」「青雲」の対句を用いたことで露骨にならずに表現されています。当時の官僚の「青雲」（都の朝廷、立身出世）へ切実な思いが分かります。岑参の友人の賈至（七一八〜七七二）も、地方へ出されている時、「青雲」へ思いを次のように詠っています。

盛唐・賈至の「岳陽楼重宴別王八員外貶長沙」（岳陽楼にて重ねて王八員外の長沙に貶せらるるに宴別す）詩

江路東連千里潮　　江路東に連なる千里の潮
青雲北望紫微遥　　青雲北に望めば紫微遥かなり
莫道巴陵湖水闊　　道う莫れ　巴陵　湖水闊しと
長沙南畔更蕭条　　長沙は南畔　更に蕭条たらん

長江は東へ千里の潮路が連なり、青雲を北の方に眺めれば紫微宮（中書省）は遥かかなた。巴陵（岳州）は洞庭湖の水面が広いだけだ、などといわないでくれ、（君がゆく）長沙は南の果てのもっと寂しいところなのだから。

この詩は、岳州（湖南省岳陽市）司馬に左遷されていた賈至が長沙（湖南省長沙）に左遷される王八員外を、岳陽楼で見送った時のもの。二句目の、遥かに北に望む「青雲」（都の朝廷）や「紫微」（中書省）の遠さに、強烈な帰京願望、朝廷の紫微省（中書省）へ戻りたい気持ちが籠められています。後半は、都長安にひきかえて、岳州も長沙もどちらもなんて嫌な所だろうね、と貶謫の地への嫌悪感、拒否感を共有した王八員外への慰めです。賈至は十七歳（七三五年）で科挙の進士科に合格し、安禄山の乱の時には、玄宗に従って蜀に行き、帝位を皇太子に譲る詔勅を起草し、乱後、都に戻り「紫微」（中書省）の中書舎人になりました。賈至が「青雲」、都の朝廷勤務を誇り高く思っていることは、中書舎人のころの、都長安の宮殿の華やかさや中書省の優秀な人材などを描いた「早朝大明宮呈両省僚友」詩からも分かります。これには当時、同僚だった王維と岑参、門下省勤務の杜甫が唱和しており後世、盛唐の四大詩人の競作といわれています。なお、賈至はまもなく「青雲」に復帰し、中書省のほぼトップの右散騎常侍（従三品）にまで出世しました。岳陽楼（湖南省岳陽市の城門の楼）は、洞庭湖に面した楼で、古来名勝として詩文に詠われています。当時の役人の「青雲」への思いは、次の杜甫の詩からも窺えます。

盛唐・杜甫の「奉送魏六丈佑少府之交広」（魏六丈佑少府が交広に之くを送り奉る）詩

……

議論有余地　　議論　余地有り

公侯来未遅　　公侯来たること未だ遅からず

虚思黄金遺　　虚しく思う黄金の遺
自笑青雲期　　自ら笑う青雲の期
……後略

……あなたの議論は余裕たっぷりの立派なもので、公爵やら侯爵の地位もまもなく届くでしょう、でもあなたは黄金を贈る交際を虚しいものだと思い、「青雲」に登る期待なぞ（当てになるものか）と、笑っておられる、……後略。

この詩は潭州（湖南省長沙）を放浪中の晩年の杜甫が、交・広（ベトナムと広東省のあたり）へ赴任する魏六（伝不詳）を見送った時のもの。地の果てとも思われる潭州での、官僚機構の末端に連なる魏六の宴席でさえも、お世辞とはいえ「青雲」が話題になることを伝える貴重な作品です。当時の官僚の「青雲」（都の朝廷、立身出世）への思いはどのような地位での人であれ実に強いものがあった、と思われます。

盛唐・高適の「酔後贈張九旭」（酔後　張九旭に贈る」）詩

世上漫相識　　世上　漫りに相い識るも
此翁殊不然　　此の翁　殊に然らず
興来書自聖　　興来らば書は自ずから聖に

酔後語尤顛　酔後　語は尤も顛なり
白髪老閒事　白髪　閒事に老ゆるも
青雲在目前　青雲　目前に在り
牀頭一壺酒　牀頭　一壺の酒
能更幾回眠　能く更に幾回か眠らん

世間の人は張旭を知っているなどというが、この張旭翁の真価は全くそんなものではない。彼が興に乗って書いた「書」は書聖に達し、酔った後の言葉は自由奔放の極みだ。白髪（老いて低い地位）なのは風流な事にかまけていたからで、青雲は彼の目の前に在る（しかし彼はそんなことに頓着しないから）、ベッドのわきの酒壺一つで、あと何回か酔っ払って眠るのだろう。

これは張九旭の真値を知るのは自分だけだと詠った詩。張九旭は玄宗に「詩歌は李白、剣舞は裴旻、草書は張旭を以て三絶とする」と称された草聖、草書の名人ですが、奇行も多く官位は地方の県尉止まりでした。「白髪」「青雲」の対句は、本歌を換骨奪胎して、張旭が「白髪」（不遇）なのは閒事、出世とは関わりのない事にかまけていたからで、「青雲」（高位高官）には張旭がその気になればすぐにでものぼれる、と才能がありながら不遇の張旭を弁護したものです。ここには自分の真価を見抜いてくれる人がいないという高適（七〇一？～七六五）の世間に対する憤りと、自分の目の前には「青雲」があるという自負心も窺えます。高適は豪放磊落な性格で、若いころは遊侠の仲間と無頼な生活をしていましたが、中年になり発奮して詩を学び、科挙の有道科に及第して封丘（河南省）の尉に採用されました。しかしあきたらず官を捨て、節度使の幕僚になって辺塞を遊歴し、安禄山の乱で手柄を立て最終的には盛唐の詩人の中で一番出世しました。都長安では、岑参や杜甫たちと慈恩寺に遊び、朝廷を追われた李白、就職活動中の杜甫らと共に梁宋（河南省付近）の旅もしています。この詩は、まだうだつの上がらないころ都での作と思われます。

中唐・李嘉祐の「送崔侍御入朝」（崔侍御の入朝するを送る）詩

十年猶執憲　　十年猶お憲を執り
万里独帰春　　万里独り春に帰る
旧国逢芳草　　旧国に芳草に逢い
青雲見故人　　青雲に故人を見る
潘郎今白髪　　潘郎は今や白髪
陶令本家貧　　陶令は本と家貧
相送臨京口　　相い送り京口に臨み
停橈涙満巾　　橈を停むれば涙巾に満つ

崔侍御は十年も執憲（法令を司り執行する者）を務め、この春、万里の道を一人都へ帰る。旧国（都長安）には芳草が咲き、青雲（都の朝廷）では昔馴染みに逢うでしょう。私は河陽の県令となった晋の潘岳ように県令となって今や白髪（老いて不遇）で、彭沢の県令となった陶淵明のような暮しぶり。（青雲に上る崔侍御を）京口（江蘇省鎮江）に見送り、舟のかじを停めれば涙がハンカチに満ち溢れます。

この詩は江陰（江蘇省江陰）の県令であった李嘉祐（七一九〜七八一？）が、入朝（朝廷の役人になる）のため都長安に行く崔侍御を見送った時のもの。「青雲」と「白髪」は対句になっていませんが、それぞれのイメージがより明確に詠われています。崔侍御を涙ながらに見送る「白髪」の李嘉祐の「青雲」（都の朝廷）へ万感の思いがよく伝わる詩です。李嘉祐は二八歳で科挙の進士科に合格して秘書正字（正九品下）を授けられ、鄱陽（江西省鄱陽県）の県令を経て江陰の県令（従七品下）になっていました。

中唐・銭起の「送褚大落第東帰」（褚大の落第して東に帰るを送る）詩

……

漢家側席明揚久　　漢家側席　明揚久し
豈意遺賢在林藪　　豈に意わんや遺賢　林藪に在るを
玉堂金馬隔青雲　　玉堂金馬　青雲を隔て

墨客儒生皆白首　　墨客儒生　皆　白首

……後略

……唐の朝廷では側席（賢者を敬い）明徳の人を挙げること久しく、君のような遺賢（埋もれている賢者）が草深い田舎にいるなど意外なこと。しかし実際は美しい宮殿や金馬門は青雲に隔てられ、君のように優れた文人や学者たちはみな白髪頭だ……後略。

この詩は、科挙に合格せず帰郷する褚大（伝不詳）を慰めたもの。「青雲」「白首」の対句は、「青雲」へ到る困難さを暗に説いて、「白首」（白髪頭、不遇）は君だけではないよ、と褚大を慰める表現です。「白首」は押印の関係で用いた語で「白髪」と同じ意味。ここは科挙不合格のまま年老いた人をさします。銭起（七二二～七八〇？）は李白や高適より二十歳くらい若い詩人ですから、このころには、科挙合格が「青雲」に上がる第一歩という考え方が定着し、受験生の増加と同時に落第生もより増加していたのです。科挙の試験には、秀才科、明経科、進士科、（専門職的な）明算科、明字科、明法科の六つのコースがあり、志願者は好きな科を受験すればよいのですが、合格後に宰相までの出世が期待できるのは進士科なので、優秀な者はみな進士科を目指しました。張九齢はもちろん進士科ですし、王維（七一九年）、岑参（七四四年）、賈至（七三五年）、李嘉祐（七四八年）、銭起（七五一年）も進士科合格者です。杜甫は進士科に不合格。高適の有道科は、いわば一芸一能の推薦枠でエリートコースからは外れていますが、李白も有道科です。銭起自身が不合格だった時の恨み節の次の詩があります。

銭起の「下第題長安客舎」（下第し長安の客舎に題す）詩

不遂青雲望　青雲の望みを遂げず
愁看黄鳥飛　愁いて看る黄鳥の飛ぶを
梨花度寒食　梨花　寒食に度るも
客子未春衣　客子　未だ春衣せず
世事随時変　世事　時に随い変じ
交情与我違　交情　我と違う
空餘主人柳　空しく餘す主人の柳
相見却依依　相い見れば却って依依たり

「青雲」の望みは遂げられず、悲しい思いで鶯が飛ぶのを見ている。梨の花が舞う寒食節（冬至から百五日すぎた三日間）になったのに、旅人の私はまだ春着になっていない。世間の人との交際は時とともに変わり、友情も期待はずれだった。（今の私には）宿屋の主人が植えた柳が残っているだけ、柳を見れば却って名残り惜しい。

この詩は下第（科挙に落第）して長安の宿舎で書いたもの。一句目の「青雲の望みを遂げず」から「青雲の望み」は科挙合格の望みと分かります。なお、科挙にまつわる花は杏園の杏の花か桃花なのに、銭起は梨の花に鶯が飛ぶのを悲しく見ている、という。これは当時、宮廷詩壇の第一人者であった王維の「左掖梨花」詩（鶯が梨の花びらを含んで未央宮に入る、という句がある）を意識し、仰ぎ見る大詩人の王維と都の朝廷で一緒に詩を作る機会を逃した無念さも詠っている、と思われます。左掖は門下省の別名。銭起は天宝十載（七五一）に科挙の進士科に合格し、『唐才子伝』に「王維にその詩は高い風格を持つと認められた」とあり、王維と応酬した詩も残っています。「青雲」には、朝廷で高級官僚らと詩の応酬をすることへの憧れも含まれていた、と思われます。

中唐・白楽天の「黄石巌下作」（黄石巌下の作）詩

久別鵷鸞侶　　久しく鵷鸞の侶に別れ
深随鳥獣群　　深く鳥獣の群に随う
教他遠親故　　たとえ親故に遠ざけられしも
何処覓知聞　　何の処にか知聞を覓めん
昔日青雲意　　昔日　青雲の意
今移向白雲　　今移して白雲に向かう

長いこと朝廷の高級官僚の仲間と別れ、山の深いところで鳥獣と群れている。親戚や友人たちから遠ざけられても、知遇を求めず、昔の青雲の志を、今は白雲の世界に移している。

この詩は、江州（江西省九江県）司馬に左遷された白楽天が「青雲の志」から「白雲」（清らかな世界）に向かう、と青雲の世界（俗世）に決別する思いを詠ったもの。五句目の「昔日青雲の意」は、張九齢の詩の「宿昔青雲の志」の句をほぼ踏襲した本歌取りですから、「青雲の意」は、都長安の朝廷で天子を補佐して天下太平の世にする志、天子のお側に侍る高位高官に立身出世する気持ちです。それを方向転換して「白雲」に向かう、という。この「白雲」は「青雲」との対句で、「白髪」（不遇な状況）の言い換えですから、古来の単なる清らかな世界というよりも、王維が「送別詩」で「意を得ない人」（青雲の志を得ない人）に帰りなさいと推奨した「白雲の世界」と思われます。王維の「送別詩」は次のような内容です。

盛唐・王維の「送別詩」

下馬飲君酒　　馬より下りて君に酒を飲ましむ
問君何所之　　君に問う何れに之く所ぞと
君言不得意　　君は言う　意を得ず
帰臥南山陲　　南山の陲に帰臥せん　と

但去莫復問　但だ去れ　復た問うこと莫からん
白雲無尽時　白雲尽くる時無し

馬からおりて君にお酒をついであげる、君に聞くが君はどこへ行くのだ、君は言う（青雲の）志を得ないので、終南山のほとりに隠棲するのだ、と。ならば行きたまえ、もうこれ以上何も聞くまい、（君の行く終南山には）白雲が尽きること無く湧いているだろう。

これは、具体的な誰かを見送ったものではなく隠逸世界を詠った詩。二、三句目の問答体や四句目の「南山」は陶淵明の「飲酒」詩其五を、四句目の「帰臥」は東晋の謝安が東山に隠棲した「東山高臥」の故事を意識します。つまりこの詩で「意を得ぬ人」に帰りなさいと推奨する「白雲の世界」は、謝安や陶淵明の隠逸世界であり、そこへに帰る君は陶淵明のように高尚で清らかだ、謝安のように風流な隠棲を楽しめ、というメッセージが含意されているのです。この「白雲の世界」を踏まえて白楽天の「白雲に向かう」を見ると、「昔日の青雲の意」と葛藤しつつ私は謝安や陶淵明のような隠逸世界へ向かうのだ、と不遇な自分を慰め励まし新たな世界へ向かう複雑な思いが伝わり、より味わい深くなります。白楽天が王維の「送別詩」を意識していたことは、同じ五言六句の詩形にしていることからも分かります。白楽天（七七二〜八四六）は、二九歳で科挙の進士科に合格して以来、正義感あふれる熱血エリート官僚として同期の元稹（七七九〜八三一）とさかんに諷諭詩を作っていましたが、宰相武元衡を暗殺した賊を早く捕らえるよう上書したことが越権行為とされ、江州司馬に左遷されたのです。この左遷は、その後の人生観を左右するほどの大打撃で、以後、諷諭詩を作らなくなった、と伝えられます。白楽天は五年後に都に戻され、五七歳で刑部侍郎（正四品上）にまで出世しますが翌年には、党争を避けて太子賓客という名目だけの閑職を得て洛陽に隠棲してしまいます。刑部侍郎のころの詩に、「青雲」「白髪」の本歌取りで官僚人生を語ったものがあります。次の詩です。

中唐・白楽天の「聞新蟬贈劉二十八」（新蟬を聞き劉二十八に贈る）詩

　蟬発一声時　　蟬一声を発する時
　槐花帯両枝　　槐花　両枝を帯ぶ
　只応催我老　　只だ応に我が老いを催すべし
　兼遣報君知　　兼ねて君に報じて知らしむ
　白髪生頭速　　白髪　頭に生ずること速かなるに
　青雲入手遅　　青雲　手に入ること遅し
　無過一杯酒　　一杯の酒に過ぐるは無し
　相勧数開眉　　相い勧めて数ば眉を開かん

（晩夏に）蟬が鳴いた時、庭の槐の花が（実を結ばずに）二枝に咲いていていた。蟬の声は私の老いを催すだけであろうが、ついでに君もに知らせておく。それにしても白髪が頭に生えるのは速いが、青雲が手に入るのは遅いものだ。（これがまあ官僚人生の一般だがこの愁いを慰めるに）一杯の酒よりよいものは無い、君に勧めてしばしば愁眉を開こうと思う。

この詩は、同い年の親友劉禹錫（七七二〜八四二）の出世が遅れていることを慰めたものですが、「青雲手に入ること遅し」の句から、日ごろ「知足」や「分に安んずる」ことを標榜している白楽天が、宰相の地位を期待していたことを伝える珍しい作、と解説されることがあります。しかしこの「青雲」は「白髪」との対句で見るべきで、張九齢の「照鏡見白髪」詩を一ひねりして、時の流れは速くたちまち白髪の年になるのにひきかえ青雲への昇進はなんとも遅いものだね、と官僚人生の一般論を述べて、劉禹錫を慰める表現なのです。この時、劉禹錫は主客郎中でその官品は従五品上、刑部侍郎の白楽天は正四品上、七歳年下の元稹は礼部尚書で正三品でした。官位の低い劉禹錫への気遣いは、二句目の「槐花」の句からも窺えます。槐は、三公の地位を象徴しますが、花が咲いても実らない場合は出世できない、とされます。その槐花が晩夏にも実を結ばず二枝に咲いている、僕も君も二人とも出世できそうもないね、とその境遇に同調しています。劉禹錫は二二歳の若さで進士科に合格し、同期合格の柳宗元（七七三〜八一九）と将来の宰相とうたわれたスーパーエリートで、王叔文の党に属し政治改革に参与しましたが、王叔文の失脚とともに三十四歳の時に朗州（湖南省常徳）司馬に左遷され、地方に出されたまま、五七歳でようやく都長安に戻ったのです。最後の二句は、王維の「送元二使安西」詩の「君に勧む更に尽くせ一杯の酒、西のかた陽関を出づれば故人無からん」を意識して、酒を酌み交わす友人は君だけだと、劉禹錫への厚い友情を詠ったもの。白楽天は蝉の詩を劉禹錫に贈り慰める一方で、出世意欲満々の元稹には次のように「青雲」「白髪」を本歌取りして忠告しています。

白楽天の「和微之詩」（微之の詩に和す）其三「櫛沐　道友に寄す、に和す」

……

由来朝廷士　　由来　朝廷の士
一入多不還　　一たび入りて多くは還らず
因循擲白日　　因循して白日を擲ち
積漸凋朱顔　　漸を積みて朱顔を凋ます
青雲已難致　　青雲　已に致し難く
碧落安能攀　　碧落　安くぞ能く攀じん
但且知止足　　但だ且つ止足を知らば
尚可銷憂患　　尚お憂患を銷す可し

…もともと朝廷の官僚は、ひとたび出仕したら多くは（隠逸世界）に帰らず、ぐずぐずと歳月を過ごし、少しずつ昇進している間に朱顔（若い顔）がしぼんでしまう、青雲（高位高官）が到達し難いのに、碧落（青空）にどうやってよじ登れようか。ただまあ「足るを知れ」ば、なんとか苦悩や心配事を消せるのだ。

この詩でも「青雲」は到達しがたい、といっています。「凋朱顔」は「白髪」と同じ意味。「因循」から「碧落」までの四句は、本歌の「白髪」「青雲」を再構成して、官僚の人生行路一般の悩ましさや危うさを述べたもの。元稹（字は微之）は出世欲が強く、この詩の翌年には一階級上がった尚書左丞（従二品）に昇進しますが、さらに上位に昇ろうと苦悩しており、それを分っている白楽天が「足ると止まる」を知れ、そうすれば楽になる、と親友に忠告しているのです。「止足」は、『老子』の「足るを知れば辱められず、止まるを知れば殆うからず、以て長久なるべし」を踏まえる語。元稹は翌年に武昌（湖南省武昌県）節度使として出され、間もなく亡くなりました。享年五三歳。

なお、劉禹錫はこの後、地方の刺史を歴任し、六五歳で太子賓客・東都分司となってからは、亡くなるまで洛陽で白楽天と一緒に仲良く遊んで唱和詩を多く作りました。その一つ、六七歳の時の次の詩では、「青雲」「白髪」をうまく本歌取りして自分の役人としての人生行路を総括しています。

中唐・劉禹錫の「楽天以愚相訪沽酒致歓因成七言聊以奉答」（楽天、愚を以て相い訪い、酒を沽い歓を

致す、因りて七言を成し、聊か以て奉答す）詩

少年曾醉酒旗下　少年曾て酔う酒旗の下

同輩黄衣頷亦黄　同輩黄衣　頷も亦た黄なり

蹴踏青雲尋入仕　青雲を蹴踏して尋に仕に入り

蕭條白髪且飛觴　蕭條たる白髪　且つ觴を飛ばす

…後略

若いころは居酒屋で酔っ払い、同じ身分の仲間も宦官も気にしない嘴が黄色い青二才だった。豪気に青雲を踏みつけ（科挙に合格し）すぐに出仕して、（左遷の憂き目にあい）もの寂しい白髪になったが（洛陽の隠居暮らしで）まあまあ元気に杯を酌み交わしている。…後略。

劉禹錫の官僚人生は、若いころは「青雲」の志で科挙に合格して政治改革に参加し、夢破れて地方に出され続け、晩年は洛陽で閑職に就いて隠居状態と、まさに本歌の詠う通りでした。「白髪」の句で元気にお酒を飲み隠居暮しを楽しんでいる、と詠った所が新しみです。

白楽天は、官僚の人生行路を「青雲」「白髪」の本歌取りで語ることが気に入っていたようで、不遇な友人を励ます詩や慰める詩でも次のように用いています。

白楽天の「諭友」（友に諭す）詩

昨夜霜一降　　昨夜霜一たび降り
殺君庭中槐　　君が庭中の槐を殺す
…中略
白日頭上走　　白日頭上に走り
朱顔鏡中頽　　朱顔鏡中に頽る
平生青雲心　　平生青雲の心
銷化成死灰　　銷化して死灰と成る
…後略

昨夜霜が降って君の庭の槐の木を枯らした（君は免職された）…（官僚の人生行路は一般的に）太陽が頭上を走るように時は早く流れ、たちまち若々しい朱顔もくずれて（老いて白髪が）鏡に映り、往時の「青雲」の志も、消えて冷たい灰になってしまうもの…後略。

これは免職された年下の友人を慰めた詩。「白日」から「銷化」までの四句は、張九齢の「照鏡見白髪」詩を主旨も含めて再構成して、官僚の人生行路一般を述べたうまい本歌取りです。後の省略した所で、出世と挫折は各人の命運によるもので才能の有無ではないから、くよくよ愁えずにお酒をたっぷり飲め、とアドバイスしています。なお詩題の「諭友」の「諭」は下位の者に用いる語です。

「槐」は、ここは官僚の地位を象徴します。

白楽天の「酔後走筆酬劉五主簿長句之贈兼簡張大賈二十四先輩昆季」（酔後筆を走らせて劉五主簿が長句の贈に酬い兼ねて張大・賈二十四先輩昆季に簡す）詩

……

贈我一篇行路吟　我に贈る一篇の行路吟
吟之句句披沙金　之を吟ずれば句句沙金を披く
歳月徒催白髪貌　歳月徒らに催す白髪の貌
泥塗不屈青雲心　泥塗屈せず青雲の心
誰会茫茫天地意　誰か会せん茫茫たる天地の意
短才獲用長才棄　短才用いらるるを獲て長才棄てらる

…後略

…君は私に一篇の「行路吟」（世渡りの難しさ歌う詩）を贈ってくれた。読むとどの句もきらきら光るものがあり見事だ。歳月はむなしく君を白髪（不過な状況）にするだけに過ぎたが、泥塗（低い地位）が君の「青雲」（立身出世）の志を屈することはない。茫茫とした天の意志は誰にも分からない、だから才能のない者が採用され、優れた才能のある者が捨て置かれることもある…後略。

これは、科挙の受験勉強を一緒にした仲間のうちで、独り官職に恵まれない劉五主簿が自作の「行路吟」詩を見せて、役人を辞めて放浪の旅に出る、というのを慰めもうしばらく辛抱せよ励ました詩。「白髪」「青雲」の対句は、今、君は白髪（不遇）だが、不遇は青雲の心（立身出世の志）を屈するものではない、と逆の方向で用いた面白い本歌取りです。この根拠として、後の省略した所で、妻にも去られる不遇な時に踏みとどまり、晩年に富貴になり錦を着て故郷に帰った前漢の朱買臣の例を挙げています。この詩を書いた時、白楽天三八歳、左拾遺の職にありました。次々と昇進試験に及第してエリートの道を駆け上ろうとしているころですから、ここの「青雲の心」の句には白楽天の心意気が感じられます。

中唐・韓愈の「赴江陵途中、寄贈王二十補闕李十一拾遺李二十六員外翰林三学士」（江陵に赴く途中、王二十補闕・李十一拾遺・李二十六員外の翰林三学士に寄せ贈る）詩

……

適会除御史　　適たま御史に除せらるるに会う
誠当得言秋　　誠に言うを得たる秋に当たる
拝疏移閤門　　疏を拝して閤門に移す
為忠寧自謀　　忠を為して寧くんぞ自ら謀らんや

…中略

謂言即施設　謂言えらく即ち施設すべしと
乃反遷炎州　乃ち反って炎州に遷さる

…中略

僶俛不廻顧　僶俛として廻顧せず
行行詣連州　行き行きて連州に詣る
朝為青雲士　朝には青雲の士と為るも
暮作白首囚　暮には白首の囚と作る

…後略

…私はまさに監察御史に任ぜられており、本当に言うべきことを言う時であった、上奏文を呈上し中書省に提出したのは、忠義のためであり自分のことなど考えていなかった…すぐにも対策が実行されると思っていたが、なんと熱帯地方に左遷されてしまった…私はつとめて振り返らず、旅を重ねて連州（陽山）に到着した、朝には青雲の士だったのに、夕暮れには白髪頭の罪人になったのだ…後略。

この詩は韓愈（七六八〜八二四）が陽山（広東省陽山県）に左遷された経緯を友人に説明したもの。三十八歳の八月、陽山から江陵（湖北省南部の荊州）に移される途中の作です。長い作品ですが引用した部分からだけでも、韓愈の気骨ある官僚としての姿勢が見て取れます。「青雲」「白髪」の対句は、左遷のショックの大きさと正義が通らないことへの激しい義憤を表現したものですが、張九齢「照鏡見白髪」詩を本歌取りすることで「朝には誰もが憧れる青雲の士（都の朝廷のエリート官僚）だったのに、日暮れには白髪の（不遇どころか）罪人だ」と、小気味よく官僚人生の浮き沈みが詠われ、とても洗練された表現になっています。韓愈は二十五歳で進士科に合格したものの、なかなか官職に就けず三十五歳で四門博士に任ぜられ、翌年、監察御史（正八品上）に進みました。この年貞元十九年（八〇三年）は、長安付近では雨が降らず早霜も降り凶作・飢饉の大変な状況だったので、冬に韓愈が対策を述べた上奏文を提出したところ、これが京兆尹（長安付近の長官）の李実を弾劾したとして陽山の尉に左遷されたのです。李実は五穀の実りはまずまずだ、などと報告していました。

中唐・孟郊の「初於洛中選」（初めて洛に於いて選に中る）詩

塵土日易没　　塵土日に没し易く
駆馳力無餘　　駆馳の力餘り無し
青雲不与我　　青雲　我に与せず
白首方選書　　白首にして方めて書に選せらる
宦途事非遠　　宦途　事は遠きに非ず

拙者取自疎　　拙なる者　自ら疎を取る

…後略

価値のないものは日ごとに埋没しやすく、馬を走らせる余力もない。青雲（都の朝廷の高位高官たち）は私に味方せず、白髪頭になってやっと「書」に選ばれた。仕官の道は遠きに非ずも、世渡り下手の私は自分から疎遠にしていた…後略。

この詩は、孟郊（七五一～八一四）が五十歳で初めて溧陽県（江蘇省）の尉に任官できた時のもの。四句目の「選書」は、官吏の任用制度「銓選」（身、言、書、判）の一つ「書」に選ばれた。孟郊は韓愈門下の苦吟派を代表する詩人ですが、人と上手く付き合えない性格で若いころ嵩山（河南省）に隠れ、科挙の進士科に三度目の受験でようやく合格し（四五歳）、五十歳で初めて任官できました。「青雲」「白首」の対句はそのころのことを詠ったもの。ただせっかく官職を得たのに、職務を怠り、毎日川辺で酒を飲み詩作に耽り、減給され五四歳で辞職してしまいます。

中唐・姚合の「閑居遺懐」其六

……

青雲非失路　　青雲　路を失うに非らず

白髪未相干　　白髪　未だ相い干さず

以此多携解　　此を以て多だ解を携え
将心但自寛　　心を将って但だ自ら寛うす

…青雲から失脚したわけでもないし、まだ白髪にもなっていない。だからただ『易経』の「解」の卦をもって、自分で我が心をのんびりさせるだけだ。

作者の姚合（七七五〜八五五？）は、玄宗朝の宰相姚崇の曾孫ですが、進士科に及第したのは遅く四二歳です。この詩の作られた時期は不明ですが、停滞する運気、不遇な状況を受け入れようという複雑な感情が、「青雲」「白髪」の本歌取りで上手く詠われています。「青雲」の句は、朝廷の役人ではあるが低い官位、或は青雲にはまだ上ってもいない（科挙に受かっていない）、だから失路（失脚）もない。「失路」は、漢の楊雄の「解嘲」の「当塗（枢要な地位）の者は青雲に昇り、失路（失脚した）者は溝渠に委ねらる」を踏まえます。「白髪」の句は、不遇ではあるがまだ老いてはいない、若いのだ、と自分を慰めたもの。最後の句の「自ら寛うし」は、人生行路の困難さを詠った六朝宋の鮑照の「擬行路難」其四の「酒を酌み以て自ら寛うし」から出る語。この詩が姚合の科挙不合格のころのものならば、盛唐の王維が年下の友人裴迪の科挙落第を慰めた「酒を酌んで君に与う　君自ら寛うせよ」（「酌酒与裴迪」詩）も意識しています。姚合は白楽天や韓愈をはじめ中唐の主な詩人との贈答詩が多数あり、当時の詩壇ではなかなかの存在でした。姚合が盛唐以来の優れた詩百首を選んだ『極玄集』は、詩の鑑賞眼があると宋代の詩人に評価され、作詩のお手本にされたと伝えられます。

張九齢の「照鏡見白髪」詩は「青雲」「白髪」をキーワードに本歌取りされ、官僚人生の哀歓を詠う詩の一系譜を成しています。今日では想像できないほど強烈な都の朝廷で立身出世することへの思いや不遇の嘆きが、露骨にならず気が利いた詩句になって表現されています。張九齢の「照鏡見白髪」詩を本歌とする詩はこのほかにも多様な型で多く作られていますが、「白髪」が単独で用いられた作品を次に見ます。

二 「白髪」が単独で本歌取りされた詩

張九齢の「照鏡見白髪」詩を本歌取りした「白髪」は、先に見た李白の「秋浦歌」のように老いや官僚人生の苦労、不遇な状況を象徴する語として、単独で或は新たな対句を派生して詠われています。まず王維が科挙不合格で帰郷する若者を見送る詩から見ます。

盛唐・王維の「送邱為落第帰江東」（邱為の落第して江東に帰るを送る）詩

憐君不得意　　憐れむ君が意を得ざるを
況復御柳春　　況や復た御柳の春をや

為客黄金尽　客と為り黄金尽き
還家白髪新　家に還れば白髪新たならん
五湖三畝宅　五湖三畝の宅
万里一帰人　万里一帰人
知禰不能薦　禰を知り薦むる能はず
羞称献納臣　羞ず献納の臣と称するを

君が意を得ない（科挙に落第した）のは本当に気の毒だ、まして今は長安城のお濠の柳は春の盛りだもの、（科挙受験に上京し）旅人暮らしで黄金を使い果たし、実家に帰れば白髪が出始める、五湖のほとりの三畝の宅へ、万里の道を一人で帰る君、君の禰衡（若くして孔融に才能を認められ曹操に推薦された）のような才能を知りながら推薦できず、私は天子に意見を進言する献納の臣（右拾遺）として恥じ入るばかり。

これは、右拾遺の職にあった王維が科挙に落第して帰郷する邱為を見送った時の詩。「白髪新なり」がとても斬新です。科挙の受験失敗を白髪の生え始めというのは、本歌の「蹉跎たり白髪の年」の意味を逆に用いて、辛い不遇なことも多い官僚人生が始まったばかり、君はまだ若いと邱為を慰め励ましているのです。面白い「青雲」「白髪」を本歌取りです。対の「黄金尽く」は受験費用を使い果たして、気の毒だという同情を表します。「白髪新」と「黄金尽」の対句は、先に見た張九齢も参考にしたと思われる初唐の李崇嗣「覧鏡」詩の対句「歳去紅顔尽、愁来白髪新」の紅顔を黄金にしたもので、本卦還りのようですが、色の対比が垢ぬけており「青雲」「白髪」の本歌取りに新境地を開きました。王維は李崇嗣の「白髪」と「紅顔」の対を「白髪」「朱顔」(若い顔)にした対句も次のように開発しています。

盛唐・王維の「歎白髪」(白髪を歎ず)詩

宿昔朱顔成暮歯　宿昔の朱顔　暮歯と成り
須臾白髪変垂髫　須臾にして白髪　垂髫を変ず
一生幾許傷心事　一生幾許ぞ　傷心の事
不向空門何処銷　空門に向かわずして何の処にか銷せん

昔の(青雲の志をもっていた)少年が老人になり、たちまち白髪になったがこれは幼児のころの垂れ髪が変ったもの。人は生きている間にどれほどの心が傷つく悲しいことがあるのだろうか、仏門でしかこの悲しみを消し去れない。

これは、科挙に合格しても心が傷つく事が多くたちまち白髪になった、と老いを嘆いた詩。一句目の「宿昔の朱顔」は、張九齢の詩の一句目「宿昔青雲の志」を本歌取りしたもので、昔、青雲の志を持っていた朱顔（若い顔、若者）の意味。一句目の白髪は垂髫（幼児の垂れ髪）が変じたものだ、というのは科挙の進士科を目指す受験生は、幼児のころから勉強を始めるのが普通だからです。まず「千字文」を覚え、七、八歳で塾に上がり四書五経を学び（約四十数万字を覚える）さらに膨大な注釈書などを読み、詩作や答案の書き方を習い、十五歳くらいで「童試」という初級試験を受け、秀才、挙人と受験資格を得て科挙を受けます。三句目の「一生」は、科挙の受験準備期からずっとこれまで、そしてこれからも…ということ。この詩の「朱顔」「白髪」の対句も色の対比が鮮やかです。先に見た白楽天の「青雲」「凋朱顔」や「青雲」「朱顔頽」の対句は、これをお手本に工夫したものです。

盛唐・李白の「将進酒」（将進酒）

君不見黄河之水天上来　　君見ずや黄河の水　天上より来たり
奔流到海不復回　　奔流して海に到り復た回らざるを
君不見高堂明鏡悲白髪　　君見ずや高堂の明鏡　白髪を悲しむを
朝如青糸暮成雪…　　朝に青糸の如くも暮には雪と成るを…

君よ見てごらん、黄河の水が天上から流れ来て、激しく海に流れ込み再び戻らないのを、君よ見てごらん、立派な家で明るい鏡に映った白髪を悲しむ姿を、朝にはつやつやした黒髪も日暮れには雪のように白くなる……。

この詩は、人生は有限なのに愁いは限り無い、だから大いに酒を飲み愁いを消そうと詠うもの。三句目の「君見ずや高堂の明鏡　白髪を悲しむを」は、「青雲」を詠っていませんが「青雲」の理想が果たせずもたもたしているうちに老いて白髪（不遇）になったことを悲しむ、という意味。張九齢の「照鏡見白髪」詩の本歌取りです。次の「朝に青糸の如くも暮には雪と成る」は本歌の主旨を概括した句作りで、この「朝～暮～」句法は先に見た韓愈が「朝には青雲の士と為るも、暮には白首の囚と作る」と進化させています。「将進酒」は朝廷から追放後の作品ですが、省略した所で「天の我が材を生ず必ず用いるあり、千金散じ尽くせば還た復た来たらん」と、「青雲」復帰への自信と意欲満々ぶりを詠っています。

中唐・劉長卿の「謫官後臥病官舎簡賀蘭侍郎」（謫官後、病に臥し官舎にて賀蘭侍郎に簡す）詩

青春繡服正相宜　　青春の繡服　正に相い宜しく
白髪如糸恨不遣　　白髪糸の如く　恨み遣れず
江上幾回今夜月　　江上幾回か今夜の月
鏡中無復少年時　　鏡中復た無し少年の時
生還北闕誰相引　　生きて北闕に還る　誰か相い引かん
老向南邦衆所悲　　老いて南邦に向う　衆の悲しむ所

歳歳任他芳草緑　　歳歳任他　芳草の緑なるに
長沙未有定帰期　　長沙未だ帰期を定めること有らず

若い時に朝廷で刺繍の官服を着るのは君も私も当然のことだった、でも今や白髪が糸のようになり哀しみが晴れることはない、長江のほとりで何回今夜のような満月を見たことか、鏡の中に若者のころの面影はないのです。生きて北闕の朝廷に戻りたくも誰が私を引き立ててくれるでしょうか、老いて南国にいるのは誰でもみな悲しいもの。毎年、都長安の春草は緑になるままに、貶謫の地の長沙にはまだ帰る時期が決まった知らせは有りません。

これは、不遇なまま長い時が流れたと嘆き、都に戻りたい気持ちを賀蘭侍郎に伝えた詩。一句目の「青春の繡服」は「青雲」の言い換えで、若くて高位高官にあったこと、二句目の「白髪糸の如し」は、初唐・劉希夷の「代悲白頭翁」詩の「須臾にして鶴髪乱れて糸の如し」を意識します。三句目の「今夜の月」は、盛唐・岑参の「磧中作」詩の「家を辞してより月の両回圓なるを見る、今夜知らず…」を踏まえた「月」で、ふと気づけば月が何回満月なったことか、と左遷されて長い時間が経ったことをいい、その「月」から縁語の「鏡」を引き出し、四句目の鏡に若かったころの姿はない（白髪の私が映っている）と繋ぎました。本歌の「蹉跎たり白髪の年」の感慨がつくづく実感される、というのです。前半四句は、張九齢の「照鏡見白髪」詩の本歌取りの中に、劉希夷や岑参の詩を織り込んだ素晴らしい技量です。当時の詩人が、誰のどの詩をどのようにお手本にしていたのかよく分かります。

劉長卿（七〇九？〜七九〇？）は科挙の進士科に合格後、順調に官僚人生を歩んでいましたが、四十代のころ無実の罪で投獄され、潘州（広東省）に流され、不遇のまま五八歳の時に睦州（浙江省建徳県）に移されました。この詩はそのころのものです。最後の句の「長沙」は、前漢の賈誼が長沙に貶謫された故事から、ここは劉長卿が左遷された睦州をいいます。

中唐・王烈の「塞上曲」其二

孤城夕対戍楼閑　　孤城　夕に対す　戍楼閑かなるに
廻合青冥万仞山　　廻合す青冥　万仞の山
明鏡不須生白髪　　明鏡須いず　白髪の生ずるを
風沙自解老紅顔　　風沙自ら解す　紅顔老ゆ

孤城は夕暮れに静かな物見櫓に対し、（征馬の声が）青雲の外の万仞もの高い山に巡り響く、明鏡で白髪を見る必要はない、砂漠の風や砂で紅顔が老いたことは自分で理解できるから。

この詩は、辺境に出征したまま老いた兵士の悲哀を詠うもの。前半は、辺塞詩の絶唱とされる盛唐・王之渙の「涼州詞」の「一片の孤城万仞の山」の句を「孤城」と「万仞の山」の語に分けて用いた本歌取りで、砂漠の最前線に打ち捨てられた兵士の強がりの裏返しの深い悲しみ、絶望感を暗示します。二句目の「廻合」は、初唐・劉廷之の「公子行」詩の「馬声廻合す青雲の外」を踏まえます。後半は張九齢の「照鏡見白髪」詩の本歌取り。白髪と紅顔の対は初唐・李崇嗣「覧鏡」詩の「歳去紅顔尽、愁来白髪新」を意識します。「涼州詞」と「照鏡見白髪」詩をうまく合わせる中に初唐の詩も織り込んで、辺境の兵士は青雲の外、砂漠の果てで立身出世どころか不遇のまま老いさらばえるのだ、と「白髪」（老いと不遇）の悲哀がより具体的で深いものになっています。中唐の詩人が初唐や盛唐の詩をお手本にしていたことを伝える作品です。

晩唐・杜牧の「池州清渓」詩

弄渓終日到黄昏　　渓に弄びて終日　黄昏に到る
照数秋来白髪根　　照らし数う秋来　白髪の根
何物頼君千遍洗　　何物ぞ君に頼りて　千遍洗うは
筆頭塵土漸無痕　　筆頭の塵土　漸く痕無し

清渓のほとりで一日中夕暮れまで遊び、秋になった川面に照らして白髪の数を数えたりする。清渓の水で千回も洗われるお前は何物だ、筆先の塵もようやく取れてきたものさ。

この詩は杜牧（八〇三〜八五二）が池州（安徽省貴池県）刺史のころのもの。前半は、地方官の無聊な日々を慰める一コマ。「白髪」の本数を数えて過ごす姿に、有能なエリート官僚だった杜牧のほろ苦い思いが上手く詠われています。白髪の本数を詠じるのは、盛唐・岑参の「白髪今無数にして、青雲未だ期有らず」（「佐郡思旧遊」詩）にヒントを得ている、つまり本歌取りした詩を本歌取りしているので、この白髪の句には本歌の「宿昔青雲の志」と岑参の「青雲未だ期有らず」が暗に含まれています。それを踏まえて後半の、筆頭の塵土（筆先の塵、出世欲など世俗の汚れの比喩）が清渓の水で千回も洗われきれいになった、を見ると地方官暮しで「青雲の志」も「青雲への期待」も無くなったのさ、という自嘲的な思いが具体的に感じられ、杜牧のほろ苦さがより深みを増すのです。杜牧は由緒ある名門に生まれ、二十六歳で進士科合格、青春を謳歌してエリートコースを歩んでいましたが、三十五歳の時、眼病を患った弟一家を世話するため中央官庁の職を捨て地方官暮しになりました。この詩は九年近くがたったころのものです。

晩唐・杜牧の「途中一絶」詩

鏡中糸髪悲来慣　　鏡中の糸髪　悲しむに来（このごろ）慣れ
衣上塵痕払漸難　　衣上の塵痕　払うこと漸く難し
惆悵江湖釣竿手　　惆悵す江湖　釣竿の手
却遮西日向長安　　却って遮る　西日の長安に向かうを

鏡に映る白髪を悲しむのはこのごろ慣れたが、衣の塵の痕跡はだんだん払うのが難しくなった。悲しいのは江湖で釣り糸を垂れていた手で、夕日が西の長安の方に沈むのをとどめようとしていること（人生の黄昏時の私が今更、都の朝廷に戻ること）。

これは杜牧が四九歳の時、湖州（浙江省）刺史から考功郎中に就任するために上京する途中の詩。十数年も続いた地方官暮しが終わる栄転です。前半は、本歌が鏡を見て白髪を憐れむ、と詠うのを逆にして鏡に映る白髪に慣れた、つまり老いや不遇な地方官暮しにも馴染んできた、「宿昔青雲の志」とは真逆な心境だと強がりの表現にした所が新しみです。後半は、そんな自分が都の朝廷にもどるのは、沈みかけた夕日をとどめるようでなんとも哀しい。栄転の照れ隠しか、屈折した表現です。杜牧は翌年、中書舎人に昇進しますが、年末に病気で亡くなってしまいます。享年五十歳。

「白髪」は、科挙の受験失敗から実際に白髪になる晩年まで、官僚人生の様々な場面での不遇な状況の比喩として詠われ、本歌の一支流を成しています。これらの詩に「青雲」は詠われていませんが、張九齢の「照鏡見白髪」詩の本歌取りですから、「宿昔青雲の志」が失われたことは暗に詠われているのです。

三　「青雲」「白髪」の本歌取りから派生した「青山」の系譜

張九齢の「照鏡見白髪」詩の「青雲」「白髪」の本歌取りから、「青雲」の対極概念として「青山」が新たに派生しています。「青山」は「青雲」とは別世界の人生行路、隠者風の暮らしをする者がいる山の象徴として張九齢の友人の孟浩然が詠い始めました。次の詩です。

盛唐・孟浩然の「送友人之京」（友人の京へ之くを送る）詩

君登青雲去　　君は青雲に登らんとして去り
予望青山帰　　予は青山を望んで帰る
雲山従此別　　雲と山は此れ従り別れ
涙湿薜蘿衣　　涙は薜蘿の衣を湿おす

君は青雲（高位高官・都長安）に登ろうと去り、私は青山（隠逸世界）へ帰る。青雲と青山はここでお別れ、涙が薜蘿の衣（隠者の衣）をうるおす。

これは都長安へ行く友人を見送った詩。前半は、張九齢の詩の「青雲」と自分が隠棲する「青山」を併せ用いた、しゃれた語呂合わせの対句です。一句目「君登青雲去」は、先に見た張九齢が「青雲」「白髪」の対句を作る参考にした初唐・陳子昂の「送別出塞」詩の「言登青雲去、非此白頭翁」の「言」を「君」に変えて用いたもの。「青山」が「白髪」と同じレベルで用いられているのが分かります。孟浩然は科挙の試験に合格せず、各地を放浪したり故郷の鹿門山（湖北省襄陽）に隠棲したりしていた在野の詩人です。しかし若い時から清らかな調べの詩を作ると高い評判を得ており、孟浩然がたまに都に出てくると多くの詩人や官僚が歓迎して交際を求めたと伝えられます。その中でもとりわけ張九齢、王維と親しい交りを結びました。王維はこの孟浩然の詩を本歌取りした次の詩を作っています。

盛唐・王維の「贈徐中書望終南山歌」（徐中書に贈る終南山を望む歌）

晩下兮紫微　　晩に紫微より下り
悵塵事兮多違　　塵事の多く違うを悵む
駐馬兮双樹　　馬を双樹に駐め
望青山兮不帰　　青山を望んで帰らず

夕方、紫微（中書省、青雲）から退勤して、役所の仕事は我が意に違うことが多いと失望する。でも馬を娑羅双樹（お寺）に繋ぎ、青山（隠逸世界）には帰らない。

これは王維が役所での愚痴を徐中書（伝不詳）に述べた詩。最後の句は、孟浩然の「予は青山を望んで帰る」を「青山を望んで帰らず」と一ひねりして、青山（隠逸世界）には帰らない、お寺で癒しを得て役人生活を続ける、という。三句目の双樹は、娑羅双樹でお寺の意味。王維は朝廷（青雲の世界）に勤務しながら休暇には青山（輞川荘）で少数の同好の仲間と隠逸生活を満喫しました。半官半隠の暮らしといいます。輞川荘を五柳先生（陶淵明）の家になぞらえた詩も「復た値う接輿が酔い、狂歌す五柳の前に」（「輞川間居贈裴秀才迪」詩）などあり、青山（輞川荘）での暮しぶりは陶淵明の隠逸世界でイメージ構成されています。次の詩はその青山（輞川荘）から去りがたい思いを詠ったもの。

王維の「別輞川別業」（輞川の別業に別れる）詩

依遅動車馬　　依遅として車馬を動かし
惆悵出松蘿　　惆悵として松蘿を出ず
忍別青山去　　忍びて青山に別れ去るも
其如渌水何　　其れ渌水を如何にせん

名残り惜しく馬車を動かし、悲しい気持で松や蘿の隠逸世界を出る、我慢して「青山」（輞川荘）に別れたが、清らかな水（輞川）をどうしようか（輞川は都まで流れ込む川だから都まで私についてくる、私はずっと青山・輞川荘に別れ難い気持を引きずっている）。

王維は「青雲」の朝廷で嫌なことがあっても「青山を望んで帰らず」と高級官僚、宮廷詩人として勤務する一方で、休暇に「青山」（輞川荘）で隠逸生活を楽しんだのですが、この生き方は当時の官僚の憧れとなっていました。岑参は「青山」（輞川荘）への憧れを次のように詠っています。

盛唐・岑参の「首春渭西郊行呈藍田張二主簿」（首春渭西の郊行藍田の張二主簿に呈す）詩

……

愁窺白髪羞微禄　白髪を窺い愁えて微禄を羞じ
悔別青山憶旧渓　青山に別れしを悔いて旧渓を憶う
聞道輞川多勝事　聞道らく輞川　勝事多しと
玉壺春酒正堪携　玉壺の春酒　正に携うるに堪えん

私は白髪（不遇を）を見て悲しみ低い俸給を恥じ、青山（隠逸世界）に別れたことを後悔し昔いた谷川を懐かしく思っている。聞けば、君の住む輞川は山水自然が美しく名勝地が多いとか、玉の壺に入れた春酒を携えて出かけるのに充分価値のある所なのだろうね。

「白髪」「青山」の対句は、自分は「白髪」（不遇）の官僚で、「青山（隠逸世界）」を慕っている、という。最後の二句は、張二主簿（伝不詳）がいる輞川を、王維や陶淵明の隠逸世界に擬えて「青山」への憧れを詠ったもの。「勝事」は、王維の「終南別業」詩の「勝事空しく自ら知る」を踏まえます。山水自然の名勝地の意味。「春酒」は陶淵明の「読山海経」詩の「歓言して春酒を酌む」を意識したもの。

盛唐・李頎の「題盧五旧居」（盧五の旧居に題す）詩

物在人亡無見期　物在るも人亡く見る期無し
閒庭繫馬不勝愁　閒庭に馬を繫ぎ愁に勝えず
窓前緑竹生空地　窓前の緑竹　空地に生え
門外青山如旧時　門外の青山　旧時の如し

物は在るが人は亡くなり会う約束も無く、静かな庭に馬をつなげば悲しいばかり、窓前の空地には緑竹が生え、門の外には往時のままの青山がある（でも盧五は青山に帰らない）。

これは青山に隠棲していた盧五（伝不詳）の死後にその旧居を訪ねた詩。王維の「馬を双樹に駐め、青山を望んで帰らず」（「贈徐中書望終南山歌」）を踏まえて、盧五が「青山（隠逸世界）」にある旧居に帰らないことを詠っています。作者の李頎は王維の友人で進士科に合格し新郷（河南省）の尉となりましたが、俗事を嫌い道士や僧侶と交際しました。孟浩然の開発した「青雲」に対峙する「青山」（隠逸世界）は、王維の周辺の詩人たちに詠われ、中唐のころまで詠い継がれました。例えば、韋応物の「幽居」詩に「青山忽ち已に曙け、鳥雀舎を繞りて鳴く」とあります。これと並行して、王維の「青山を望んで帰らず」の発想は、嫌なことや辛いことがあっても青山（隠逸世界）へ帰らず役人として勤務する、という意味で、不遇な官僚の旅立ちや送別の情景描写などに描かれます。例えば次の詩の「青山」です。

中唐・劉長卿の「将赴南巴至餘干別李十二」（将に南巴に赴かんとして餘干に至り李十二に別る）詩

江上花催問礼人　江上の花は催す問礼の人
鄱陽鶯報越郷春　鄱陽の鶯は報ず越郷の春
誰憐此別悲歓異　誰か憐れまん此の別れ　悲歓異なるを
万里青山送逐臣　万里の青山　逐臣を送る

長江のほとりの花は李白さんを（早く家に帰れ）と促し、鄱陽（江西省鄱陽郡）の鶯は（私が）故郷を離れる春を告げる。しかし誰が憐れんでくれるだろうか、此の別れが悲喜異なることを、万里も連なる青山が逐臣（失意の放逐される臣下）を見送ってくれる。

この詩は劉長卿が潘州南巴（広東省茂名）の尉に左遷される途次、餘干（江西省南昌）で李白に出会った時のもの。一句目の「問礼の人」は、孔子が老子（姓名は李耳、字は老聃）に礼を問うた故事（『史記』老子伝）から李姓の人、ここは李白を指します。李白は夜郎に流されて恩赦にあい、豫章（江西省南昌）の妻宗氏のもとに帰る途中です。恩赦にあった李白と無実の罪で遠く南巴に流される劉長卿との境遇の違いが三句目の「此の別れ悲歓異なる」です。「此別」は孟浩然の「送友人之京」詩の

「雲山従此別…」（青雲と青山は此り別れ）を意識したもので、四句目の「青山」を呼び起こす伏線。青山（隠逸世界）を望んで帰らない劉長卿を青山が見送ってくれる、という。不遇でも隠者にならず千里も遠くへ左遷されて行く劉長卿の悲哀がより深く感じられます。似た表現は次の詩にも見られます。

中唐・劉長卿の「重送裴郎中貶吉州」（重ねて裴郎中の吉州に貶せらるるを送る）詩

猿啼客散暮江頭　猿啼き客散ず暮江の頭
人自傷心水自流　人は自ずから傷心し水は自ずから流る
同作逐臣君更遠　同に逐臣と作り君更に遠し
青山万里一孤舟　青山万里　一孤舟

猿が悲しげに鳴き旅人も散っていった日暮れの川辺、我らの悲しみでいっぱいの心を知らぬげに川は流れてゆく。二人とも逐臣（降格され放逐された臣下）だが君の左遷先は更に遠く、君は青山が万里も連なる間をぽつんと一そうの舟に乗って行く。

この詩は、随州（湖北省随県）刺史に左遷されている劉長卿が、吉州（江西省吉安）に左遷される裴郎中（伝不詳）を見送った時のもの。前半は、見送りの岸辺のもの寂しい様子。後半は、裴郎中は劉長卿より更に遠くへ流されるが、青山（隠逸世界）へは帰らず、一人ぽっちの舟で青山に見送られつつ万里も遠い吉州に赴任して行く。「青山万里一孤舟」の句は、万と一の数字の対句も織り込み裴郎中の不遇さを際立たせた含蓄深い表現になっています。

盛唐・李白の「送友人」(友人を送る)詩

青山横北郭　青山　北郭に横たわり
白水遶東城　白水　東城を繞る
此地一為別　此の地一たび別れを為し
孤蓬万里征　孤蓬　万里に征く
浮雲遊子意　浮雲　遊子の意
落日故人情　落日　故人の情
揮手自茲去　手を揮い茲自り去れば
蕭蕭班馬鳴　蕭蕭として班馬鳴く

青山が町の北に横たわり、白く光る水が町の東をめぐって流れている、此の地で一たび別れたら、孤蓬(孤独な旅人の比喩)は万里の遠くへ行く、ぽっかり浮ぶ雲は旅人(友人)の孤独で不安な心のよう、しずみゆく落日(夕陽)は友人との別れを惜しむ私の心のよう、手をふってここから去ってゆけば、馬も悲しげに鳴く。

この詩はいつどこで誰を見送った時のものか、一切不明です。しかし内容から、友人は不遇と分かります。左遷された或は職を求めてなど想像されますが、隠者にならず活路を求めて旅をするのです。一句目の「青山」は、そういった友人の生き方を象徴する、王維の「青山を望んで帰らず」の発想を意識した情景描写です。「青山」をただ樹木が茂って青く見える山と見るだけよりも李白の友人への思いがよく伝わります。

孟浩然の開発した「青山」（隠逸世界）はこのように王維の「青山を望んで帰らず」の発想とともに盛唐の詩人に詠われましたが、その一方で、左遷された王昌齢が「青山」で「明月」とともに隠者暮しを楽しんでいる、と詠ったことから「青山」に不遇な官僚が隠者を気取っている山、という新しみが加わりました。王昌齢の次の詩です。

盛唐・王昌齢の「龍標夜宴」（龍標にて夜宴する）詩

沅渓夏晩足涼風　　沅渓　夏晩　涼風足る
春酒相携就竹叢　　春酒　相い携えて竹叢に就く
莫道弦歌愁遠謫　　道う莫れ弦歌　遠謫を愁うと
青山明月不曾空　　青山の明月　曾て空しからず

沅渓のあたりは夏の夜に涼風が多いので、春酒を携えて竹林に入る、だから弦歌（地方官に赴任する喩え）左遷されて遠謫を悲しんでいるだろうなどと言わないでくれ、青山の明月はこれまでむだに懸かったことはない（風流を楽しませてくれるし、明月に託した李白の気持ちも伝えている）。

この詩は王昌齢が晩年に龍標（湖南省黔陽県）の尉に左遷された時のもの。王昌齢はとても不遇なのですが、龍標を（沅渓のあたり）を「青山」として隠者暮らしを楽しむ山のように詠い、「明月」の夜に宴会をしているから悲しくない、と強がっています。二句目の「春酒相い携えて竹叢に就く」の「春酒」は、陶淵明の「山海経を読む」詩の「孟夏草木長じ…歓言して春酒を酌む」をふまえ、竹叢（竹林）へ行くのは「明月」を迎えるためで、王維の輞川荘二十景の一つ「竹里館」詩の「明月来りて相い照らす」情景を連想させます。王昌齢が陶淵明や王維の輞川荘のイメージを補強してまで左遷先の龍標を「青山」（隠者暮しを楽しむ山）として詠ったのは、この詩が王昌齢の左遷を心配する李白への返答だからです。李白が王昌齢に寄せた詩は次のような内容です。

盛唐・李白の「聞王昌齢左遷龍標遥有此寄」（王昌齢が龍標に左遷せらるるを聞き遥かに此の寄有り）詩

楊花落尽子規啼　　楊花落ち尽くして子規啼く
聞道龍標過五渓　　聞道く　龍標五渓を過ぐと
我寄愁心与明月　　我　愁心を寄せて明月に与う
随風直到夜郎西　　風に随い直ちに到れ夜郎の西に

柳絮が散りつくし子規（ほととぎす）が鳴くころ、君が龍標に左遷され五渓（貴州省東部から湖南省西部の一帯）を過ぎたと聞いた、私はこの悲しい心を明月に託して送ろう、風に乗って真直ぐに君のいる夜郎（貴州省桐梓県）の西に届いてくれ。

李白は左遷された王昌齢を心配して、李白の愁心（悲しく同情する心）を「明月」に託して届ける、といっています。それで王昌齢は「青山」で隠者暮しを楽しみ「明月」を迎えているから心配しないで、と詠ったのです。「明月」を詠じるのは、明月を介して遠く離れている人を偲ぶ、或は思いを同じくするという伝統的な発想があるからで、例えば六朝斉の謝朓の「月賦」に「美人邁きて音塵闕ゆも、千里を隔てて明月を共にす」とあります。王昌齢は次の詩でも、龍標を「青山」と表現し「明月」を詠っています。

王昌齢の「送柴侍御」（柴侍御を送る）詩

沅水通波接武岡　　沅水　波通じて武岡に接すれば
送君不覚有離傷　　君を送るも離傷有るを覚えず
青山一道同雲雨　　青山一道　雲雨同じ
明月何曾是両郷　　明月何ぞ曾て是れ両郷ならん

沅水（貴州省から湖南省に流れる川）の波が通じて君が行く武岡山（湖南省武岡県の北にある）に接しているから君を見送っても離別の傷みは感じない。私のいる青山からは一本道で雲も雨も同じ通い路だし、明月もこれまで二人のいる所に別々に懸ったことはない（別れても二人は一つの明月を見るのだから一緒にいるのと同じだ）。

この詩では、青山にいる王昌齢は、柴侍御と別れても「明月」を共に見るから悲しくないといっています。王昌齢の「青山」「明月」の組み合わせは、初唐の盧照鄰の次の詩からヒントを得ています。

初唐・盧照鄰の「贈益府裴録事」（益府の裴録事に贈る）詩

……

浮雲映丹壑　　浮雲　丹壑に映じ
明月満青山　　明月　青山に満つ
青山雲路深　　青山　雲路深く
丹壑月華臨　　丹壑　月華臨む
耿耿離憂積　　耿耿として離憂積み
空令星鬢侵　　空しく星鬢をして侵かしむ

……浮雲が丹壑に映り、明月が青山いっぱいに照らしている、青山は雲の通い路が深く（出世の道から遠く離れ）、丹壑は月の光が射している。心が安らかでないまま別離の悲しさが積もり、白髪ばかりが増えています。

この詩は、益州（四川省）に左遷された盧照鄰が裴録事に出世できないと愚痴をこぼしたもの。「明月満青山」はスケールの大きい印象的な句です。この「青山」は「丹壑」（仙人の住む谷）と対句になっていますから隠者のいる山。しかしこの「青山」にいる盧照鄰は、白髪ばかり増えるとその不遇を嘆いており、不遇な役人がいる山です。王昌齢は李白が愁心を託して寄せた「明月」を返詩に織り込むために、当時すでに定着していた孟浩然の「青山」（隠逸世界）と盧照鄰の詩の「明月満青山」を併せて「青山明月」を発明したのです。これにより「青山」に不遇な役人が隠者を気取っている山のイメージが上書きされ、「青山明月」は詩語としての面白みが益しました。杜甫はこの「青山明月」を、成都（四川省）に放浪中の詩で次のように用いています。

杜甫の「奉済駅重送厳公四韻」（奉済駅にて重ねて厳公を送る四韻）詩

遠送従此別　　遠送　此従り別る
青山空復情　　青山　空しく復た情あり
幾時杯重把　　幾時か　杯を重ねて把らん
昨夜月同行　　昨夜　月に同行せり
列郡謳歌惜　　列郡は謳歌して惜しみ
三朝出入栄　　三朝に出入して栄ゆ

江村独帰処　　江村　独り帰る処

寂寞養残生　　寂寞として残生を養う

遠くまで見送りに来ましたがここでお別れです、（私は）青山に帰り空しく別離の情をかみしめるでしょう、いつ再び杯を重ねられましょうか、昨夜のように明月の下、同行できるでしょうか。蜀の諸州の人々は厳武様の徳政をほめたたえ別れを惜しみ、厳武様は三代の天子（玄宗と粛宗、代宗）にお仕えしてご栄達なさる。川辺の村が独り私の帰る所、そこでひっそりもの寂しく残りの命を養います。

これは杜甫五一歳、綿州（四川省成都府綿州県）城外の奉済駅で都に召喚される厳武を見送った時の詩。前半四句は、孟浩然の「送友人之京」詩の「君登青雲去、予望青山帰、雲山従此別、涙湿薜蘿衣」を本歌取りしつつ王昌齢の「青山明月」を足しています。明月の下、厳武に同行して「此れ従り別る」の後、厳武は都に戻り出世するのですから「青雲に登り去る」のであり、杜甫は川辺の村（浣花渓の草堂）の「青山」（隠逸世界）に帰るのです。最後の句の「寂寞」は、「寂寞として柴扉を掩う」（王維の「山居即事」詩）を踏まえて、王維の青山（輞川荘）を想起させ、「青山」に帰った杜甫が隠逸生活を楽しむ風を気取って見せたもの。しかし独り老いを送る、というのは孤独で不遇なのです。

中唐・賈島の「送陳商」（陳商を送る）詩

……

上客遠府遊　　上客　遠府に遊べば
主人須目月　　主人　須らく月を目すべし
青雲別青山　　青雲　青山に別るれば
何日復可升　　何れの日にか復また升る可き

立派な客人（陳商）が遠い官庁（都の朝廷）に旅立てば、（送別会の）主人である私はきっと明月を見るはず（明月を見て君を偲ぶ）、でも青雲（立身出世する君）が（私のいる）青山に別れたら、明月はいつ昇るのだろう（君はいつ私と心を通わせるのだろうか）。

この詩は科挙に合格して都長安に赴く陳商を送別したもの。「青雲別青山」の句は、孟浩然の「君登青雲去、予望青山帰、雲山従此別…」（「送友人之京」詩）を一句に凝縮した本歌取りで、「青雲」は立身出世と都長安の朝廷を意味し、「青山」は賈島が隠棲する隠逸世界です。しかし明月が詠われていますから、王昌齢の「青山明月」も重ねた「青山」です。隠者を気取る不遇な賈島のいる「青山」と別れ、陳商は「青雲」へと去って行く、見送る賈島の寂しさ悲哀がより深く伝わる凝ったうまい本歌取りです。賈島は韓愈門下でも苦吟派を代表する詩人で、科挙に何度も落第して僧となっていた時に韓愈と出会い（推敲の故事）、還俗して進士科に及第しました。しかし官途に恵まれず、亡くなった後には痩せたロバと古い琴が一つだけ残っていたと伝えられます。

中唐・白楽天の「長安早春旅懐」（長安にて早春の旅懐）詩

軒車歌吹喧都邑　　軒車歌吹　都邑に喧しく
中有一人向隅立　　中に一人の隅に向かい立つ有り
夜深明月巻簾愁　　夜深けの明月には簾を巻いて愁え
日暮青山望郷泣　　日暮れの青山では郷を望みて泣く
風吹新緑草芽拆　　風は新緑を吹き草芽拆け
雨灑軽黄柳條湿　　雨は軽黄に灑いで柳條湿う
此生知負少年春　　此の生少年の春に負くを知る
不展愁眉欲三十　　愁眉を展べず三十ならんと欲す

立派な馬車の音や華やかな歌舞音曲がにぎやかな都長安の街の片隅に独りポツンと立つ私。深夜の明月は簾を巻き上げて眺め悲しみ、日暮れの青山では故郷を遠望して泣く。風は芽吹いた草の新緑を吹き、雨は柳の枝の薄黄色の葉を潤す（春になったが）、私は都の若者のようには青春を楽しむこともなく、心配顔のまま三十歳になろうとしている。

これは白楽天が都長安で科挙の受験勉強をしていたころ（合格発表前の春）の詩。四句目の「日暮青山望郷泣」は、白楽天は都長安に居るのに都をなぜ「青山」というのか不可解ですが、三句目の「明月」との対句とみれば王昌齢の「青山明月」を意識したものと分かります。最後の二句で、少年の春にそむいて愁眉を開かないまま三十歳になろうとしている、と詠うように科挙合格前の不遇な日々を過ごした所だからです。またこのころの「秋暮郊居書懐」詩で、受験勉強に没頭する日々を世間と交際しない隠者暮しのようだとも詠っていますから、自分のいる所（都長安）を不遇な者が隠者を気取っている「青山」といったのです。その「青山」で「明月」を見て愁い涙を流す。この涙は望郷の涙です。当時、白楽天の家族は河南地方の戦乱や関内の飢饉のために各地に離散していました。このころの詩に「共に明月を看て応に涙を垂れるべし、一夜郷心　五処同じ」（みんな明月を見て涙を流しているはずだ、五か所に分かれていても故郷を思う気持ちは同じだもの）とあります。

晩唐・杜牧の「寄揚州韓綽判官」（揚州の韓綽判官に寄す）詩

青山隠隠水迢迢　　青山隠隠として　水迢迢たり
秋尽江南草木凋　　秋尽きて江南　草木凋む
二十四橋明月夜　　二十四橋　明月の夜
玉人何処教吹簫　　玉人何れの処にか　吹簫を教うる

青山は薄暗くもの寂しく川は果てしなく流れ、秋も終わり江南地方は草木が枯れ凋んだ。（しかし君のいる揚州は歌舞繁華の町だから）二十四橋あたりでは明月の夜、立派な人が何処かで簫など教えて楽しんでいることだろうね（羨ましいなあ）。

この詩は、杜牧が江南の地方官のとき、揚州（江蘇省揚州市）の韓綽判官に送ったもの。揚州は若き日の杜牧が二年間ほど赴任し、家柄も容貌も優れ、詩も上手で大いに女性にもてて風流才子の評判をとった地で、後年、その風流三昧の青春の日々を「揚州の夢」と懐かしんでいます。この詩もその一つ。前半は、秋も過ぎて薄暗く寂寂とした「青山」の描写、地方官暮しで不遇な杜牧のいる所であり、杜牧の心象風景でもあります。後半は、揚州を照らす「明月」を思い浮かべ、明月のもとで韓綽判官は楽しくやっているだろうな、私も揚州で豪勢に遊んだもの、羨ましいなあ、という気持ち。最後の句の「吹簫」は、秦の簫史が穆公の娘の弄玉に簫を教えた故事。この詩の「青山」「明月」は王昌齢の詩の「青山明月」本歌取りです。ただ「青山」にいる杜牧は不遇な地方官ですが隠者を気取っていません。その理由が次の詩から窺えます。

杜牧の「書懐」（懐いを書す）詩

満眼青山未得過　眼に満つ青山　未だ過ぎるを得ず
鏡中無那鬢糸何　鏡中　鬢糸を那何ともする無し
祇言旋老転無事　祇だ言う老を旋らせば無事に転じ
欲到中年事更多　中年に到らんと欲せば事更に多しと

見渡す限り青山だがまだ訪ねていない、鏡に映る白髪はどうしようもないからだ。老いれば仕事もなくなる、中年になるころ仕事量が多くなるのだ、と自分に言い聞かせている。

この詩は、不遇な地方官でも中年のころは仕事が多い、と詠ったもの。一句目の「眼に満つ青山」は勤務地の景色です。隠者暮らしを楽しむ「青山」は見渡す限りあるがまだ訪ねていない。この句は王維の「青山を望んで帰らず」(「贈徐中書望終南山歌」)の発想を踏襲したもので、失意の役所勤めだが隠逸世界へは行かず職務をする、という。二句目はその理由で、張九齢の「照鏡見白髪」詩の本歌取りです。鏡に映る白髪、つまり不遇な境遇はどうしようもないからです。後半はそんな自分への慰めで、老人になれば暇になる、中年のころが煩瑣な仕事が多くて忙しいのだ。杜牧に、口先だけの「青山」(隠逸)志向を風刺した「懐紫閣山」詩があり、「人は道う青山帰り去るの好きを　青山曾て幾人か帰ること有らん」と皮肉っています。

「青山」は孟浩然が「青雲」に別れ「青山を望んで帰る」と詠ったことから、「青雲」に対峙する概念として陶淵明風の隠者暮しを楽しむ者がいる山として詠われ一つの流れになりました。そこから二つの流れが派生し、一つは王維が「青山を望んで帰らず」と詠った発想の本歌取りで、失意の官僚でも「青山」(隠逸世界)へは帰らない(職務をつづける)と詠う流れです。もう一つは王昌齢が「青山明月」と詠った「青山」で、不遇な官僚が隠者を気取っている山です。いずれにしても「青山」は詩語としての面白さ含蓄の深さが増し、「白髪」とは別趣の不遇や失意の官僚人生を表現・象徴するキーワードとして、「青雲」「白髪」の本歌取りの系譜の一脈を成しています。

二　初唐・張九齢の「秋夕望月」詩を本歌とする詩
――恋しい人を待つ庭に「青苔」「黄葉」がある情景の系譜――

張九齢は科挙出身の文人宰相として活躍し、また宮廷詩壇の領袖でもありましたから、その詩は作詩のお手本として多くの人に読まれました。その中の一つに「秋夕望月」詩があり、これも本歌取りされました。次のような内容です。

初唐・張九齢の「秋夕望月」詩

清迴江城月　　清迴たり江城の月
流光万里同　　流光　万里同じ
所思如夢裏　　所思　夢裏の如く
想望在庭中　　想望すれば庭中に在り

皎潔青苔露　　皎潔たり青苔の露
蕭條黄葉風　　蕭條たり黄葉の風
含情不得語　　情を含むも語るを得ず
頗使桂華空　　頗りに桂華をして空しからしむ

清らかに遠くから川辺の町を照らす月、月の光は万里に同じ、恋しい人を月光の中で夢見るように思い描けばその面影が庭中に浮かぶ、青苔には白く清らかな露、もの寂しく黄葉を吹く風、思慕する気持ちはあっても語り合えず、木犀の花が空しく香るばかり。

この詩は秋の明月のもと、恋しい人の面影を追う気持ちを詠じたロマンチックなものです。明月から縁語の桂（木犀《もくせい》）を引き出し、木犀の花の香りも添えて甘美なムードも醸しています。注目されるのは「青苔」「黄葉」の対句が描き出した情景です。実はこれはただの秋の庭の景色ではなく、六朝・梁の丘遅の「贈何郎」詩をお手本にした、恋しい人を待ち望みながら会えない寂しさ切ない気持ちを象徴する情景なのです。丘遅の「贈何郎」詩は、次のような内容です。

六朝・梁の丘遅の「贈何郎」（何郎に贈る）詩

向夕秋風起　　夕に向って秋風起り
野馬雑塵埃　　野馬　塵埃に雑う

憂至猶如繞　憂の至るは猶お繞るが如し
詎是故人来　詎ぞ是に故人来らん
檐際落黄葉　檐際に黄葉落ち
堦前網緑苔　堦前に緑苔網す
遥情不入酒　遥情酒を入れず
望美信難哉　美を望むこと信に難き哉

夕暮れに秋風が吹きはじめ、野馬（かげろう）は塵埃にまざり、憂いはめぐるように湧くが、なぜ友（何遜）は来ないのだ。軒端に黄葉が落ち、部屋の階段の前は緑苔が網の目のように生えている。遥な情（俗世を離れた気分）を縦にして友と楽しむ酒は注がれず、よき人を待ち望むのは本当に難儀で苦しいもの。

この詩は、来訪しない親友の何郎（何遜）を待ち焦がれる気持ちを表白したもの。前半四句は、もう夕方になるのに何遜は何故来ないのだ、という。丘遅の何遜を待つ切なく寂しい気持ちを象徴するのが、五、六句目の「黄葉」が散り「緑苔」が部屋の前の階段を覆う情景です。「緑苔」が階段を覆うのは、六朝詩によく見る失寵の宮女や夫が長期間不在の妻の部屋のあたりの様子で、苔の厚さや広がりは恋しい人の訪れのない日の長さと恋しい人を待つ切ない気持を暗示します。例えば、趙飛燕に成帝の寵愛を奪われた漢代の班婕妤の「自傷賦」に「華殿に塵あり玉階に苔あり」と詠われています。以後、寵愛を失った女性は「坐して視る青苔の満つるを」（六朝宋の鮑照の「代京洛篇」）、高官の夫が長期出張中の妻の部屋は「春宮は此に青苔の色に閟され」（六朝梁の江淹の「別賦」）、駐屯地から帰らない君主の留守宅について「寧ぞ顧みん空房の裏、階上に緑苔生ずるを」（六朝梁の劉遵の「従頓還城応令」詩）などとあります。「黄葉」は、丘遅が来訪を待つ何遜の「日夕望江贈魚司馬」詩に「仲秋黄葉下り、長風正に騒屑たり」とある黄葉を意識して用いたもの。何遜がこの「黄葉」の風に散る情景で、都に行った魚司馬に会えない寂しさを表現しているからです。丘遅は六朝詩で常套表現の「緑苔」と何遜の詩の「黄葉」を対句にして、恋しい何遜の来訪を待つ切ない気持ちと何遜に会えない寂しさを表象する情景にしたのです。張九齢はこの丘遅の詩の「緑苔」「黄葉」の対句の情景を「秋夕望月」詩に「青苔」「黄葉」の対句として用いました。唐代の詩人は、恋しい人を偲ぶ詩や来訪を待つ詩の情景描写に張九齢の「青苔」「黄葉」の対句を本歌取りして用いています。まず李白の次の詩があります。

盛唐・李白の「寄遠」（一作「長相思」）詩

美人在時花満堂　　美人在りし時　花　堂に満ち
美人去後空餘牀　　美人去りし後　空しく牀を餘す

牀中繍被巻不寝　牀中の繍被　巻きて寝ねず
至今三載猶聞香　今に至るまで三載　猶お香を聞く
香亦竟不滅　香も亦た竟に滅せず
人亦竟不来　人も亦た竟に来たらず
相思黄葉落　相い思えば黄葉落ち
白露点青苔　白露　青苔に点ず

美人がいた時、花が満ちていた部屋、美人が去った部屋には空しくベッドが残り、ベッドには巻かれたままの美しい刺繍の掛け布団、三年経っても香りは消えない、香りは消えないが美人は来ない。（この部屋で）美人を思えば軒端に黄葉が落ち、部屋の階段の前の青苔に白玉の露がおりる。

これは遠くに去った美人を偲ぶ詩。最後の二句は、張九齢の「秋夕望月」詩の「青苔」「黄葉」の情景の本歌取りです。知らずに読むと、美人を偲ぶとなぜ「黄葉」が落ちるのかよく分からず単純に秋の季節の意味と取り、「青苔」も空き家だったから苔が生えたのだろう、などという無粋な解釈になります。張九齢の詩の本歌取りと分かれば、美人を偲ぶ切ない思い会えない寂しさを象徴する情景と分かります。なお「相い思えば黄葉落ち」の句は、張九齢がお手本にした六朝・梁の丘遅の「贈何郎」詩の「檐際に黄葉落ち」を意識した句作りです。白露は、露の美称。また二十四節気の一つで秋の気配が深まるころも意味します。香りについては、張九齢の詩の桂華（木犀）の香りではなくて、繡被（美しい掛け布団）の残り香、と官能的な新しみを出しています。

中唐・劉長卿の「酬李穆」（李穆に酬ゆ）詩

孤舟相訪至天涯　　孤舟相い訪うて　天涯に至る
万転雲山路更賒　　万転の雲山　路更に賒かなり
欲払柴門迎遠客　　柴門を払って遠客を迎えんと欲すれば
青苔黄葉満貧家　　青苔黄葉　貧家に満つ

ポツンと一そうの小舟で天の果てのような辺鄙な所をよく訪ねてくれた、雲をかぶる高い山のつづら折りの道もありずいぶん遠かったであろう。柴門（柴の折り戸）を掃除して遠来の客を迎えよう、貧しい粗末な家だが青苔も黄葉もいっぱいあるぞ（大歓迎だ）

この詩は娘婿の李穆の来訪を待ち望み、歓び迎える気持ちを詠ったもの。前半は遠来の李穆へのいたわりです。後半、自宅を柴門、貧家というのは、人を迎える詩の謙遜の常套句ですが、文字通りに読むと、李穆を迎えようと柴門を掃除するが、貧しい暮らしで庭師も雇えず庭の青苔に黄葉がいっぱい積もっている、掃除も行き届かずお恥ずかしいとなり、秋の季節と歓迎の気持ちは伝わっても何か通俗的です。また唐代の詩では「苔」は隠者の家の表象として詠われることが多いので、俗人と交際しない隠者の家だ、といっているのだとすれば、その隠者が柴門を開いて迎えるのだから李穆は清らかで高尚な人だ、と李穆の清らかさを詠った詩になりますが、「黄葉」の必然性はありません。「青苔黄葉」の句は「青苔」「黄葉」の情景を本歌取りして、久しぶりに来訪する恋しい李穆を心から待ち望む劉長卿の大歓迎する思い、満ち溢れる深い親愛の情を表現しているのです。

中唐・顧況の「聴角思帰」（角を聴き帰るを思う）詩

故園黄葉満青苔　故園の黄葉　青苔に満つ
夢後城頭暁角哀　夢後の城頭　暁角哀し
此夜断腸人不見　此の夜断腸す　人の見えざるに
起行残月影徘徊　起ちて行けば残月　影徘徊す

故郷の我が家の庭の青苔に黄葉がたくさん落ちている、と夢から覚めた後に城壁のあたりから聞こえる夜明けの角笛の音はなんとも哀しい、作夜の夢で私は恋しい家人に逢えず腸がちぎれるほど悲しかった、起きて外を行けば有明の月、月影とともに徘徊する。

これは、顧況（七二六？〜八〇六？）が饒州（江西省鄱陽）の司戸参軍に左遷されている時の詩。一句目は、顧況が夢に見た故郷の自宅の庭の様子。「青苔」「黄葉」の情景を本歌取りして、顧況の帰りを待ち望み顧況に会えずに寂しい思いをしている妻や家族のいる我が家の情景を詠ったもので、顧況の家族を恋しく思う切ない気持が強く反映しています。それで二句目の夢から覚めた後の角笛の哀しさ、三句目の夢に家族に逢えなかった悲しみがよく伝わります。本歌取りと知らずに読むと、夢に見た故郷の家の庭が荒れている、或は秋の隠者の家のようだとなり、後半の、夢にも家族が見えず悲しいという嘆きとうまくつながらず、よく分からない詩になります。劉長卿の「酬李穆」詩の最後の句「青苔黄葉満貧家」を逆の立場から詠っていますが、本歌取りのお手本のような作品です。顧況は七五七年の進士科合格、秘書郎になり宰相の李泌に仕えましたが著作郎に留められたのが不満で、李泌の死後に不遜な詩を書き饒州に左遷されたのです。まもなく家族を連れて茅山（江蘇省）に隠棲してしまいます。

中唐・白楽天の「早寒」詩

黄葉聚牆角　　黄葉　牆角に聚り
青苔圍柱根　　青苔　柱根を圍む
被経霜後薄　　被は霜を経て後薄く
鏡遇雨来昏　　鏡は雨に遇いてより来（このかた）昏し
半巻寒簷幕　　半ば巻く寒簷の幕
斜開煖閣門　　斜めに開く煖閣の門

迎冬兼送老　　冬を迎え兼ねて老いを送る
只仰酒盈樽　　只だ酒の樽に盈たんことを仰ぐ

黄葉が垣根の隅にあつまり、青苔は柱の根元を囲んで生えている。かけ布団は霜が降りるようになって薄く感じられ、鏡は雨が降ってから曇ってしまった。寒々しい軒のカーテンは半ば巻き、暖かい高殿の門は斜めに開けてある、冬を迎え老いを送るのに、ただ酒が樽に満ちていることを頼りにしている。

この詩は、例年より早く寒さがきたと親友の劉禹錫に伝えたもの。白楽天五七歳の秋、長安で刑部侍郎の職にあったころの作。一・二句目は、白楽天は隠者でもないのになぜ、自宅の庭に黄葉が散り積もり青苔が生えている情景を描き出したのか、語句の解釈だけでは不可解です。「青苔」「黄葉」の本歌取りとみれば、この情景は劉禹錫の来訪を待つ心を象徴したもので、三句目の被（かけ布団）は李白の「寄遠」詩の「繡被」を意識して美人（よき人、ここは劉禹錫）が恋しい、四句目の鏡は月の縁語ですから、張九齢の「秋夕望月」詩を踏まえて「所思」（思慕する人、劉禹錫）を偲ぶ月が雨降りで見えない、と白楽天の劉禹錫が恋しい、訪ねて来てほしいという思いをうまく詠ったものと分かります。後半の煖閣の門は半分開けているし酒は樽に満ちている、というのは劉禹錫に私のところで一緒にお酒を飲みましょう、と言っているのです。この詩に唱和した劉禹錫の詩は次の如くで、二人の性格の違いがよく分かる面白い唱和詩になっています。

中唐・劉禹錫の「和楽天早寒」（楽天の早寒に和す）詩

雨引苔侵壁　雨は苔を引いて壁を侵し
風駆葉擁階　風は葉を駆りて階を擁す
久留閑客話　久しく閑客を留めて話し
宿請老僧齋　宿して老僧に請うて齋す
酒甕新陳接　酒甕は新陳を接ぎ
書籤次第排　書籤は次第に排す
倏然自有処　倏然　自ら有する処、
揺落不傷懐　揺落　傷懐せず

雨で苔がのびて壁にまで生え、風に駆り立てられた葉は階段をふさいでいる。暇な客を引き留めて世間話をしたり、老僧を止め置きお齋（食事）を一緒にするようたのむ、酒甕に古い酒がなくなれば新しい酒を注ぎ足し、本の整理をすれば附箋紙がだんだんと並ぶ、私は何事にも囚われない心を持っているので、草木が秋風に枯れ落ちても傷み悲しまない。

最初の二句は白楽天の「青苔」「黄葉」を踏まえ、それを一般的な秋の自然現象として詠じたもの。

「青苔」「黄葉」の情景の本歌取りはあえて無視しています。つづいて余暇の過ごし方をあれこれ述べ、倏然（物事に囚われない）の心でいるから秋だからといって感傷的にはならない、と結んでいます。この結びは、物事に感じやすい白楽天に季節の変化に繊細に反応して心を痛め（私のことばかり思いつめ）てはいけないよ、と少し突き放しています。

晩唐・李商隠の「寄裴衡」（裴衡に寄す）詩

別地蕭條極　　別地　蕭條の極み
如何更独来　　如何ぞ更に独り来る
秋応為黄葉　　秋は応に黄葉を為すべし
雨不厭青苔　　雨は青苔を厭わず
沈約只能痩　　沈約只だ能く痩せ
潘仁豈是才　　潘仁豈に是れ才ならんや
離情堪底寄　　離情　寄に堪うるは
惟有冷於灰　　惟だ灰よりも冷たき有り

君と別れた地はひときわ寂しい、でもどうしてまた一人で来てしまったのだろう。秋なのであたりは黄葉となり、雨が青苔に降っている（私は恋しい君を偲び待っている）。（君を思い私は）沈約のように痩せ、潘岳のような英才も形無しだ、別離の悲しい気持ちで君に送れるのは、ただ（離別の悲しみで）灰よりも冷たくなった心だけ。

この詩は別れた友人の裴衡（伝不詳）を偲び恋しく待つ悲しい気持ちを詠ったもの。三・四句目は「黄葉」「青苔」の情景の本歌取りです。二人が別れた地に独りで来て裴衡を偲んでいるのです。ここをただの秋のもの寂しい景色とするなら「青苔」の必然性がありませんし、裴衡を恋しく思い再会を待つ切ない気持ちもよく伝わりません。五句目は、沈約が梁・武帝の補佐役に用いられず「ここ百数十日、革帯の穴は移り手首は半分細くなった」（沈約の「与徐勉書」）とある故事。六句目は、潘岳（字は安仁）の「少くして才穎（才能が優れ抜きんでている）を以て称せられ…」（『晋書』本伝）の故事を踏まえます。

張九齢の「秋夕望月」詩は「青苔」「黄葉」の対句をキーワードに、恋しい人を偲びその来訪を待つ切ない思いを詠う詩で、本歌取りされ一系譜を成しました。この系譜の詩のほど本歌を知らないと、「青苔」「黄葉」の情景が配された意図、盛り込まれた情感が分からず、その詩の面白さを理解できない詩はありません。その理由の一つは唐代、「苔」に隠者の家の表象というイメージが強く定着していたからです。例えば「青苔」は、「返景　深林に入り、復た照らす青苔の上」（王維の輞川の二十景「鹿柴」詩）、「青苔日に厚く自ずから塵無し」（王維の「与盧員外象過崔処士興宗林亭」詩）など隠逸世界、隠者の家の様子を詠う常用語です。一方「黄葉」は、「南庭白露を結び、北風黄葉を払う」（初唐・喬知之の「秋閨」詩）、「林疎にして黄葉墜ち、野静にして白鴎来る」（盛唐・杜甫の「朝」詩其二）、「世交黄葉散じ、郷路白雲重なる」（中唐・劉長卿の「和州留別穆郎中」）などのように、対句の黄と白の色の対比、秋の添景が共通する以外、それぞれの対句が表現する内容はさまざまなのです。ところが「黄葉」と「青苔」が結びつくと、張九齢の「秋夕望月」詩の本歌取りとなり、恋しい人を偲び、その来訪、再会を待ち望む思いを象徴する甘美にして哀切な情景となるのです。この隠者や栄達、不遇などとはまったく異質な、知る人ぞ知る「青苔」「黄葉」の情景は唐代の詩人の知的好奇心を大いに刺激したと思われます。

三　盛唐・王維の「送元二使安西」詩を本歌とする詩

――特に親しい友人との別れを惜しむ詩の系譜――

王維の「送元二使安西」詩は、「渭城曲」或は「陽関三畳」の題名でも歌われ、各地に広く流布した送別詩の代表ともいうべき有名な詩です。特別に親しい人との別れを惜しむ詩で本歌取りされました。「送元二使安西」詩は次のような内容です。

盛唐・王維の「送元二使安西」（元二の安西に使いするを送る）詩

渭城朝雨浥軽塵　　渭城の朝雨　軽塵を浥し
客舎青青柳色新　　客舎青青　柳色新たなり
勧君更尽一杯酒　　君に勧む更に尽くせ一杯の酒
西出陽関無故人　　西のかた陽関を出づれば故人無からん

渭城の町に朝の雨が降って軽い土ぼこりをうるおし、宿屋の前の新芽の柳も雨に洗われ青青と鮮やかだ。（いよいよ出発する元二君）どうぞもう一杯この酒を飲み尽くしてくれ、西の果ての陽関を出たら（一緒に酒を飲む）友人もいないだろう。

この詩は安西都護府（辺境の防衛・行政を司る役所で今の新疆ウイグル自治区トルファンの西方にあった）に使者として旅立つ元二（伝記不詳）を見送った時のもので、前半は、別れの朝のすがすがしい情景。西へ旅する人は渭城で見送るのが通例でした。渭城は、渭水をはさんだ都長安の対岸の町（今の咸陽市）。柳は、旅立つ人に柳の枝を折り餞別にする習慣があり、別れと春を象徴する植物。三句目「君に勧む更に尽くせ一杯の酒」、「更に尽くせ」というのは、昨夜から別れを惜しみさんざん飲んだ、でもいざ出発となれば、名残りは尽きないのだから、せめてもう一杯飲み干してくれ。別れ際に「一杯の酒」を飲み尽くせと勧めるモチーフには、元二への深い友情と別れを惜しむ気持ちが籠められており、この詩ポイントです。このモチーフは六朝・梁の沈約の次の詩をお手本にしています。

六朝・梁の沈約の「別范安成」（范安成に別れる）詩

……

勿言一樽酒　　言う勿れ　一樽の酒と

明日難重持　　明日　重ねて持ち難し

夢中不識路　夢中には路を識らず
　何以慰相思　何を以てか相思を慰めん
…（君との別れを惜しむ私の心が）一樽の酒か、などといわないで飲んでくれ、明日になれば（君は旅立ち）ふたたびこれを持って君と酒を酌みかわすことはできないのだから。夢路に君を訪ねようとしても路を知らず、君を思う私の心は慰めようもないのだよ。

これは、安成（広西省壮族自治区賓陽）内史として赴任する范岫を見送る詩で、『文選』にも採録されています。「言う勿れ一樽の酒と、明日重ねて持ち難し」の句は、親友の范岫を見送る時の、いよいよ遠くへ旅立ってしまう范岫と次に会えるのはいつか分からない、という惜別の情が上手く詠われています。「樽」は酒器、お銚子。王維は沈約の「一樽酒」を「一杯酒」にして、それを「更に尽くせ」と強調し、その理由を「西の果ての陽関を出たら故人（友人）はいないのだから」としたのです。陽関は、敦煌の西南、玉門関の南にある関所。このあたりの様子は、同じく安西へ赴く劉司直（伝記不詳）を見送った王維の「送劉司直赴安西」詩に「絶域　陽関の道、胡沙と塞塵と」（陽関への道中は都から遠く離れた絶域で、異民族の地である砂漠と辺境の塞の砂ぼこりがあるばかり）と詠われています。陽関を出ればその先は外の国、異民族の地ですから、故人（友人）がいるどころではないのです。「更に尽くせ一杯の酒」にこめられた思いがよく分かります。「送元二使安西」詩は、辺境に旅立つ元二への深い思いやりと惜別の気持ちを表わす「勧君更尽一杯酒」の句をキーワードに次のように本歌取りされています。先ず王維と親しい孟浩然の次の詩です。

孟浩然の「永嘉別張子容」（永嘉にて張子容に別る）詩

旧国余帰楚　旧国　余は楚に帰り
新年子北征　新年　子は北征す
挂帆愁海路　帆を挂けて海路を愁い
分手恋朋情　手を分ちて朋情を恋う
日夜故園意　日夜　故園の意
汀洲春草生　汀洲　春草生ず
何時一杯酒　何れの時か一杯の酒
重与季鷹傾　重ねて季鷹と傾むけん

旧国（故郷）の楚（襄陽）に私は帰り、新年に君は北方に行く。帆をかけて船路を愁い、手を振り友情を恋う、昼も夜も君の「故園の意」（故郷への思い）を思うが、中州には春草が生えている（君は仕官していて帰らない）。いつこの一杯の酒を、また季鷹（晋の張翰の字、張子容の比喩）と傾けることが出来るのだろう。

この詩は、永嘉（浙江省温州市）で孟浩然が同郷の張子容と別れた時のもの。張子容は北方へ向かう旅の途中で永嘉に滞在しており、そこへ孟浩然が帰郷の途次立ち寄り再会したのです。最後の二句「何れの時か一杯の酒、重ねて季鷹と傾むけん」が、王維の詩の本歌取りですが、ここの「一杯酒」には張子容と同じ姓の晋の張翰（字は季鷹）が「死後の名声を残すより今この時の一杯の酒のほうがよい」といった故事の「一杯酒」も重ねてあり、名声など気にするな、という張子容への慰めも含むとても高度な表現技法です。張子容が不遇だったことは、この時の孟浩然の「永嘉の上浦館にて張子容に逢う」詩の「郷関万余里、失路一に相い悲しむ」（故郷から万里も遠い地で、志を得ない君を悲しむ）から推察されます。五句目の「日夜故園の意」は、張子容が孟浩然を見送った時の「孟八浩然の襄陽に帰るを送る」詩「因りて懐う故園の意、帰らば孟家と隣ならん」（私の望郷の思いは、帰ったら孟浩然の隣に住みたいことによる）を踏まえた句で、故郷で待っているから帰っておいで、という張子容への返事です。六句目の「春草生ず」は、『楚辞』招隠士の「王孫遊んで帰らず、春草生じて萋萋たり」による語。孟浩然を敬愛する李白は、この詩の最後の二句を取り込んだ詩を作っています。次の詩です。

李白の「魯郡北郭曲腰桑下送張氏還嵩陽」（魯郡の北郭曲腰の桑下にて張氏の嵩陽に還るを送る）詩

送別枯桑下　　送別す枯桑の下

凋葉落半空　凋葉　半空より落つ
我行懵道遠　我が行　道の遠きに懵み
爾独知天風　爾独り天風を知る
誰念張仲蔚　誰か念わん張仲蔚
還依蒿与蓬　還りて依る蒿と蓬に
何時一杯酒　何れの時か一杯の酒
更与李膺同　更に李膺と同にせん

君を枯れた桑の木のもとで送別すれば、凋んだ葉が空から落ちてくる。私の旅は行方も定かでないから、君は天から吹く風で私の旅の空を思うだけになるだろう。君、張氏が張仲蔚（後漢の隠者）のように蓬や蒿のなかに隠棲するとは思いもよらなかった、（ここで別れたら）いつこの一杯の酒を李膺（張氏に比す）とまた一緒に飲めるだろうか。

これは魯郡（山東省兗州市）の北の町の曲腰という所の桑の木の下で、嵩陽（河南省登封県にある嵩山の南）に帰る張氏（伝記不詳）を見送った詩。最後の二句「何れの時か一杯の酒、更に李膺と同にせん」は、孟浩然の「永嘉別張子容」詩に詠われた張子容と同じ姓の張氏を見送る詩なので、その最後の二句に倣ったものです。しかし李白は張氏を後漢の隠者・張仲蔚に比していますから、李白の詩の

「一杯酒」には、孟浩然が織り込んだ張翰の故事の「一杯酒」は含まれません。ここは王維の詩の「君に勧む更に尽くせ一杯の酒」の本歌取りです。また張氏を「李膺」に比したのは、張氏は「李膺」のように立派な人物だ、その李膺（張氏）と李白は親戚づきあいをするほど親しく交際した仲だった、と表現しているのです。『世説新語』言語篇に「立派な名声ある李膺の家に通される者は俊才、優れた評判のある者、父母の親戚だけ（李と同姓の者）であり…」とあります。「李膺」は、後漢の政治家で、腐敗政治の元凶である宦官勢力を除こうと立ち向かった清流士人の代表です。旅を重ねた李白には送別に関する詩が多いのですが、王維の詩を本歌取りする「一杯酒」の発想を用いた詩は、次の幾例かです。

李白の「送殷淑」（殷淑を送る）詩

……

流水無情去　　流水　無情にして去り
征帆逐吹開　　征帆　逐吹して開く
相看不忍別　　相い看て別るるに忍びず
更進手中杯　　更に進めん手中の杯

…川の水は無情にも流れ去り、船は吹く風を逐って帆を開く（船出だ）、殷淑を見て別れ難くなり、更にもう一杯（いよいよお別れの最後の酒）と手に持った杯をすすめる。

「更進手中杯」の句は、「勸君更尽一杯酒」を五言に凝縮した本歌取り。「手中杯」は、「手に持つ一杯の酒」の意味で、押韻と平仄の関係で作った李白の造語です。殷淑という人物は不明ですが、この詩は三首連作の一つで李白がとても別れを惜しむ友人と推察されます。

李白の「魯郡東石門送杜二甫」（魯郡の東の石門にて杜二甫を送る）詩

酔別復幾日　　酔別復た幾日ぞ
登臨徧池台　　登臨　池台に徧し
何言石門路　　何ぞ言わん石門の路
重有金樽開　　重ねて金樽の開く有らんと
秋波落泗水　　秋波　泗水に落ち
海色明徂徠　　海色　徂徠に明らかなり
飛蓬各自遠　　飛蓬　各自に遠し
且尽手中杯　　且は尽くせ手中の杯

（杜甫との）別れを惜しみ何日も酒に酔い、山水名勝、池のほとりの楼台すべてめぐった、石門の路で別れたら、またともに酒樽を開く機会が有るとは言えないからだ。秋の波は（水量の落ちた）泗水に立ち、東海の色は徂徠山に明るく映えている。（別後は）飛蓬のようにそれぞれ遠ざかる、だからまあ手に持ったこの一杯の酒を飲み尽くしてくれ。

これは、魯郡（山東省）の石門（泗水の石堤）で杜甫を見送る詩。李白は朝廷を追われた後、杜甫や高適とおよそ一年間一緒に旅をしました。でもいよいよお別れです。最後の句「且尽手中杯」は、王維の「一杯酒」を本歌取りした杜甫への厚い友情の表現です。三・四句目の「何言石門路、重有金樽開」は、王維がお手本にした沈約の「別范安成」詩の「勿言一樽酒、明日難重持」の発想を意識したもの。李白は翌年、山東の家族のもとにいて杜甫への思いを「沙邱城下にて杜甫に寄す」詩で「君を思えば汶水の若く、浩蕩として南征に寄す」（君を思う心は汶水の流れのように絶えることはない、広々と南に流れる水に託してこの詩を送る）と詠っています。二人の再会はなかったのですが、杜甫は李白を思う詩を十首以上も作り、この石門の送別詩を大切にしていました。次の詩があります。

杜甫の「春日憶李白」（春日　李白を憶う）詩

白也詩無敵　　白也　詩　敵無し
飄然思不群　　飄然として思い群せず
清新庾開府　　清新は庾開府
俊逸鮑参軍　　俊逸は鮑参軍

渭北春天樹　　渭北　春天の樹
江東日暮雲　　江東　日暮の雲
何時一樽酒　　何れの時か一樽の酒
重与細論文　　重ねて与に細かに文を論ぜん

李白さん、あなたの詩は天下無敵で、世俗を超越した詩想は抜群です。その詩の清らかな新鮮さは六朝末・北周の庾信のようで、詩の才能がずば抜けているのは六朝・宋の鮑照のようです。(私は)渭水の北(都長安)の春の木の下で(李白さんを)思い、(李白さんは)長江の東で日暮れの雲を見て都長安を思っているだろう、いつ一樽の酒を酌み交わし、ふたたび一緒にこまごまと文学を論じあえるだろうか(再会したいなあ)。

この詩は李白への敬慕の気持ちを詠ったもの。三・四句目の対句は、李白の詩の本質を述べた文学批評として有名です。最後の二句「何時一樽酒、重与細論文」は、李白が石門で杜甫を送った詩の「何言石門路、重有金樽開」句に、さらに李白が隠者の張氏を送った詩の「何時一杯酒、更与李膺同」を意識して重ねています。杜甫が李白を敬愛し、李白の詩を熟読し、詩を作るお手本としていたことが窺えます。

李白の「留別賈舎人至」其二(賈舎人至に留別す)其の二

……

謬攀青瑣賢　謬って攀ず青瑣の賢
延我於北堂　我を北堂に延く
君為長沙客　君は長沙の客と為り
我独之夜郎　我は独り夜郎に之く
勧此一杯酒　此の一杯の酒を勧む
豈惟道路長　豈に惟だ道路の長きのみならん

…後略

……愚にも都長安で宮廷に出入りする賢人にすがろうとした時、君は私を奥座敷に招き入れてくれた。君（賈至）は長沙に左遷された賈誼のような身の上、私は独り夜郎に流されていく。この一杯の酒を勧めるのは、二人を隔てる道路が長いからだけではない、…後略。

これは、五八歳の李白が夜郎（貴州省桐梓県）に流される途中、岳州（湖南省岳陽県）司馬に左遷されていた賈至の所に立ち寄り書き残した詩。「此の一杯の酒を勧む」は、王維の「勧君更尽一杯酒」を五言にした本歌取りですが、流刑地に向かう李白が見送る賈至に「一杯酒」を勧める、という逆の使い方です。ここには賈至への厚い友情と、今別れたらもう賈至とお酒を飲む機会はなかろう、という絶望的な思いがこめられています。李白は永王璘（玄宗の第十六皇子）の幕僚だったので、安禄山の乱の後、永王璘が謀反の罪に問われた巻き添えで夜郎に流されたのです。実際は死罪とされた所を、将軍・郭子儀の尽力で流刑となったので権力の怖さが身にしみていた、と思われます。しかし翌年の三月に恩赦に遇い、長江を戻って賈至に再会し、左遷されたままの賈至を慰め励ます詩を作っています。

中唐・劉禹錫の「送華陰尉張茗赴邕府使幕」（華陰尉の張茗が邕府使の幕に赴くを送る）詩

……

今朝一杯酒　　今朝　一杯の酒
明日千里人　　明日　千里の人
従此孤舟去　　此れ従り　孤舟去らば
悠悠天海春　　悠悠たる天海の春

…（いよいよお別れの）今朝の一杯の酒を飲み尽くしてくれ、（君は）明日は千里も遠く離れた人、ここからポツンと一そうの舟の行く先は、果てしもない春の空と湘水の春景色。

これは、朗州（湖南省常徳）司馬に左遷されていた劉禹錫が邕府（邕州都督府、今の広西壮族自治区南寧市）へ流される張茗を見送る詩。張茗は、劉禹錫の自註に「張（茗）は玄宗の時、燕国公に封ぜられた張説の孫…、頃ころ事に坐して除名せらる」とあります。「今朝一杯酒」の句は、王維の詩の本歌取りですが「明日千里人」と対句に仕立てたところが新しさで、「明日」の句は沈約の詩の「明日難重持」（「別范安成」詩）を意識します。この対句には、惜別の気持とともに遠くに流される張茗への同情がこめられています。

中唐・白楽天の「臨都駅送崔十八」（臨都駅にて崔十八を送る）詩

勿言臨都五六里　言う勿れ臨都五六里と
扶病出城相送来　病を扶け城を出で相い送り来る
莫道長安一歩地　道う莫れ長安一歩の地と
馬頭西去幾時廻　馬頭西に去って幾時にか廻る
与君後会知何処　君と後会　知んぬ何れの処ぞ
為我今朝尽一杯　我が為に今朝　一杯を尽くせ

臨都駅は洛陽から五、六里だと言わないでくれ、病をおして見送りに出て来たのだから。長安まで一歩ほどの距離だといわないでくれ、君が馬を西に向けて（長安に）行ったらいつ帰るのか。君と今後どこで会えるか分からない、だから私の為に今朝の一杯の酒を飲み尽くしてくれ。

この詩は、洛陽に隠棲していた白楽天が近郊の宿場、臨都駅まで出向いて都長安に行く崔十八を見送ったもの。最後の句「我が為に今朝一杯を尽くせ」は、面白い本歌取りです。本歌では、見送る王維が、元二は西の陽関を出たら一緒にお酒を飲む友もいない、だから別れのこの一杯の酒を飲み尽くせ、と勧めるところを、白楽天は崔十八が西の長安に行ったら私にはもうお酒を酌み交わす友はいない、だから私の為に今朝の一杯の酒を飲み尽くしてくれ、と裏返して詠っています。この時、白楽天は五八歳、崔十八とは白楽天が三三歳、秘書省の下っ端役人の校書郎（正九品上）で同僚になって以来の付き合いです。崔十八は順調に出世してこのたびの上京後、「太常少卿任官拝命のお礼を述べに宮中に参内し、金紫光禄大夫を賜り、その名望から推薦されて右散騎常侍（従三品）に遷る」（『旧唐書』本伝）と伝えられます。「我が為に今朝一杯を尽くせ」の句は、惜別の情とともに栄達する崔十八への屈折したはなむけの気持ちがこめられています。白楽天が校書郎の時に崔十八たちと仲良く過ごしていた様子は、当時の秘書省の同僚八人に寄せた「常楽里閑居」詩から窺えます「蘭台の七八人、出処之と倶にす、旬時も談笑を阻つれば、旦夕軒車を望む」（秘書省の同僚の七、八人は、出勤も休暇もいつも一緒、十日も共に談笑しなければ、一日中、友の車を待ち望んでしまう）。

中唐・白楽天の「遊城南留元九李二十晩帰」（城南に遊び元九、李二十が晩に帰るを留む）詩

老遊春飲莫相違　　老遊春飲　相い違う莫れ
不独花稀人亦稀　　独り花の稀なるのみならず人も亦た稀なり

更勧残杯看日影　　更に残杯を勧めて日影を看る
　猶応趁得鼓声帰　　猶お応に鼓声を趁い得て帰るべし

老人の春の花見の宴遊に背をむけないでくれ、花が少なくなっただけでなく（一緒に酒を飲む）人も少なくなったのだから、（さんざん飲んだが）更に飲み残しの一杯を君らに勧めつつ夕日を見る、初鼓（城門を閉める時報の太鼓）が鳴るまでには帰れるはずだ。

これは、親友の元稹たちと出かけた花見の宴が散会する名残り惜しさを詠った詩。三句目の「更に残杯を勧めて」は本歌の「勧君更尽一杯酒」を凝縮したものです。残杯は、残り酒。もうだいぶ飲んだことが分かります。それでも花見の宴が終るのを惜しみ、王維の詩を本歌取りしてまで別れを惜しむ詠いぶりにはわけがあります。この年の一月に唐州（河南省）従事の元稹が都に召喚され、再会を楽しみましたが、元稹は三月には通州（四川省）司馬として赴任するのです。「花も人も少なくなった」と白楽天が詠っているように、この春は劉禹錫や柳宗元らが十年ぶりに都に戻されましたが、三月にはまたそれぞれ遠い地方に出されます。朝廷内の党争が激しく友人知人が都長安から地方勤務に出されることが多い時期だったのです。このころ、次のような詩も作っています。

中唐・白楽天の「北園」詩

北園東風起　　北園に東風起り

雑花次第開　　雑花　次第に開く
心知須臾落　　心に知る　須臾にして落つると
一日三四来　　一日　三、四たび来る
花下豈無酒　　花下豈に酒無からんや
欲酌復遅廻　　酌まんと欲して復た遅廻す
所思眇千里　　思う所　眇として千里
誰勧我一杯　　誰か我に一杯を勧めん

都の北園に春風が吹いて、いろいろな花が次々と咲く、花はすぐ散ってしまうから、一日に三回も四回も見に来る。でも花咲く樹の下にある酒を酌もうとしては酌みかねている。そのわけは心に思う人は遥か千里も遠くにいて、私に一杯の酒を勧めてくれる友は誰もいないからだ（私は陽関を出た元二と同じようだ）。

これは一人で都の北園（場所は不詳）の花見をする索漠とした思いを詠った詩。都長安には花も酒もあるが、一杯の酒を勧めてくれる友は誰もいない。最後の句「誰か我に一杯を勧めん」は、本歌の「西のかた陽関を出づれば故人無からん」の連想を活かしたもので、酒を勧めてくれる故人（友人）がいない私は陽関を出た元二のようだ、つまり都長安は陽関の外の砂漠の異民族の地と同じだ、という風刺を込めた軽妙な本歌取りになっています。

晩唐・杜牧の「送王侍御赴夏口座主幕」（王侍御が夏口の座主の幕に赴くを送る）詩

君為珠履三千客　君は珠履三千の客と為り
我是青衿七十徒　我は是れ青衿七十の徒
礼数全優知隗始　礼数全く優り　隗の始めを知り
討論常見念回愚　討論常に見て　回の愚を念う
黄鶴楼前春水闊　黄鶴楼前　春水闊し
一杯還憶故人無　一杯還って憶う　故人無からんかと

君は（座主・崔鄲の幕下では）珠履（珠玉飾りの履物）を著す上客となり、私は座主・崔鄲の七十人の弟子の一人。君が受ける礼数（待遇）は郭隗が受けた礼遇よりずっと素晴らしいもので、君が討論を聞く様子はいつも「顔回の愚」を思わせるだろう。黄鶴楼の前は長江の春水が広がっていよう（君は都恋しさに愁うだろう）、でも一杯の酒を勧めつつ（元二は故人無からん、と同情されたが）私は逆に憶う君に友人が無いだろうか、と。

これは王侍御（伝記不詳）が夏口（湖北省武漢市武昌）の座主のもとに赴任するのを見送った詩。座主は、科挙の合格者が試験官を敬い呼ぶ語で、杜牧の座主は崔鄲。崔鄲はこのころ鄂岳（湖北省一帯）観察使で、王侍御の赴任先の上司です。五句目は崔顥の「黄鶴楼」詩の「煙波江上　人をして愁えしむ」の句を想起させます。六句目「一杯還って憶う故人無からんかと」が、王維の詩の本歌取りです。「西のかた陽関を出づれば故人無からん」の連想を逆手に取って、お別れに一杯の酒を勧めるが赴任先にお酒を酌み交わす友はいないだろうか、そんなことはない、杜牧の座主の崔鄲さまが上役だから心配ない、と王侍御を慰め励ましつつ惜別の気持ちを詠ったもの。三句目の「隗始」は、戦国時代の燕の昭王が賢人を招く策を郭隗に問うた時「先ずこの隗から礼遇を始めて下さい…」といった故事。四句目の討論の句は、孔子が「顔回と一日中話をしても顔回は反論もせず愚か者のようだ、…といった」（『論語』為政）を踏まえます。顔回は孔子お気に入りの高弟。

王維の「送元二使安西」詩を本歌取りする詩は、数多の儀礼的な「送別」詩とは一線を画する内輪での送別や離別、惜別の思いを詠ったプライベートな送別詩です。本歌の元二の伝記が不明と同様に、対象となる友人の伝記もはっきりしない場合が多いのですが、作者とは特に親しい仲であったことは、「一杯の酒」の語を軸に「故人無からん」の連想も踏まえた措辞で、惜別の思いとともに彼らだけが共有する深い友情が濃やかに詠われていることからも分かります。王維より三百年くらい後の、北宋の詩人の王安石の「呉顗の南に帰るを送る」詩にも、「君に勧む更に尽くせ一杯の酒、明日道長く山復た山」と本歌取りされており、この詩がいかに有名で、親友との別れを惜しむ真情を詠う詩のお手本にされていたか分かります。

四　盛唐・王維の「九月九日憶山東兄弟」詩を本歌とする詩

――「屈折した望郷表現」の系譜――

科挙を受験するため、十五歳の時に上京した王維は都長安で迎えた九月九日の重陽の節句に「九月九日憶山東兄弟」（九月九日、山東の兄弟を憶う）詩を作り、望郷の思いを次のように詠いました。

盛唐・王維の「九月九日憶山東兄弟」（九月九日、山東の兄弟を憶う）詩

独在異郷為異客　　独り異郷に在りて異客と為る
毎逢佳節倍思親　　佳節に逢う毎に倍す親を思う
遥知兄弟登高処　　遥かに知る　兄弟高きに登る処
遍挿茱萸少一人　　遍く茱萸を挿して一人を少くを

私はただ独り異郷（故郷と異なる地・都長安）にいる旅人の身のうえ、めでたい節句にめぐり逢うた

びに親兄弟がとても恋しく、兄弟たちが高い所に登り、揃って茱萸を挿して重陽の節句を過ごす中に私一人が欠けている情景をはるかに思い浮かべ偲んでいる。

この詩は自注に「時に年十七」とあり、十五歳で上京してから三年目の九月九日の作と分かります。前半は、去年も一昨年も独りぼっちでお節句を異郷（都長安）で過した、今年も独りだ、親兄弟が恋しいなあ、と素直な表現です。異郷・異客の語は、初唐の王勃の「蜀中九日」詩「九月九日望郷台、他席他郷客を送るの杯」に倣う表現。後半は、故郷の家族がそろって重陽の節句を過ごす情景（自分一人が欠けている）を思い浮かべている。九月九日の重陽の節句には、一族揃って赤い茱萸（ぐみの実）を挿し高い所に登り菊花酒を飲み邪気払いをする風習がありました。故郷の家族の様子を思い浮かべているのは、家族も私のことを思っているだろうな、故郷が恋しいな、ということの屈折した望郷表現です。この「屈折した望郷の表現」が却って強く、科挙に合格するまでは帰郷したくても出来ない望郷の思いを伝えると、大晦日やお節句を他郷で独り過ごす詩人に本歌取りされました。次のような作品があります。

盛唐・孟浩然の「除夜有懐」（除夜に懐い有り）詩

五更鐘声欲相催　　五更の鐘声　相い催さんと欲し
四気推遷往復廻　　四気推遷し　往きて復た廻る

帳裏残灯纔有焔　帳裏の残灯　纔に焔有り
爐中香気尽成灰　爐中の香気　尽きて灰と成る
漸看春逼芙蓉枕　漸く看る　春の　芙蓉の枕に逼るを
頓覚寒消竹葉杯　頓かに覚ゆ　寒の　竹葉の杯に消せしを
守歳家家応未臥　守歳の家家　応に未だ臥さざるべし
相思那得夢魂来　相い思うも那ぞ得ん　夢魂の来たるを

五更（夜明け）の鐘の音が新年をうながして響き、四季は移り変わり去ってはまた戻る。帳の中の燃え残りの灯芯は炎も小さくなり、香炉のお香は尽きて灰となった。（夢うつつに思い浮かべる故郷は）ようやく春（新年）が芙蓉の刺繍がある（妻の）枕に近づいたと看るまに、寒（冬）が竹葉酒を盛る杯から消えた気がした、でもどの家も守歳（徹夜で年越しする）だから皆まだ寝ていないはず、故郷の妻が私のことを思っても妻の夢魂が私の所に来られるわけがない。

これは、他郷で独り大晦日を過ごす孟浩然が妻を恋しく思う望郷詩です。前半は大晦日の夜から新年になる様子。五・六句目「漸く看る春の芙蓉の枕に逼るを、頓かに覚ゆ寒の　竹葉の杯に消せしを」と、新年の朝を迎えるころの妻の枕辺の様子や故郷の情景を思い浮かべているのは、妻も私のことを思っているだろうということで、孟浩然が妻を恋しく思う気持ちの屈折した表現です。それで最後の二句の徹夜で年越しをする習わしだもの、妻がいくら私を思っても妻の夢魂が私に逢いに来るはずがないとつけたおちが効き、洒落た望郷詩になりました。「夢魂」は、夢を見ている間に肉体を離れる魂。魂は恋しい人の所へ自由に飛んでいける、と昔から考えられていました。六句目の「竹葉」は、竹葉酒。孟浩然の故郷・襄州の酒です。「襄州宜城に美酒があり、竹葉酒という」（『太平寰宇記』）。

盛唐・岑参の「苜蓿烽寄家人」（苜蓿烽にて家人に寄す）詩

苜蓿烽辺逢立春　　苜蓿烽辺　立春に逢い
葫蘆河上涙沾巾　　葫蘆河上　涙巾を沾す
閨中只是空相憶　　閨中只だ是れ空しく相い憶うも
不見沙場愁殺人　　沙場の人を愁殺するを見ず

苜蓿烽（玉門関の西にある烽火台）のあたりで立春を迎え、葫蘆河（新疆ウイグル自治区を流れる川）のほとりで故郷が恋しく涙がハンカチを濡らすほど泣いた、妻は部屋で空しく私を思っているだろうが、砂漠が人を深く悲しませる所だとは想像も出来ないだろう。

岑参は科挙に合格後、二度ほど節度使の幕僚となって塞外勤務をしています。この詩はその折に家人（妻）に宛てたもの。前半は「立春」の日に望郷の涙を流している、という。苜蓿（うまごやし）烽や葫蘆（ひょうたん）河という西域の植物名を冠した地名から触発されて、都長安では柳の枝が伸び桃や李の花も咲いたであろう、と都恋しやの思いが募ったのです。この地名はまた西域の異国情緒を醸し、岑参が西方の辺境砂漠にいることも暗示します。三句目の、閨中（妻の部屋の中）の妻の様子を思い浮かべている所が屈折した望郷表現の本歌取りですが、妻がいくら私を思っても私のいる砂漠の人を悲しくさせるひどい情景は想像できないだろうな、と自問自答のような四句目が効いて余韻のある望郷詩になりました。

盛唐・高適の「除夜の作」詩

旅館寒灯独不眠　旅館の寒灯　独り眠らず
客心何事転凄然　客心　何事ぞ　転た凄然たる
故郷今夜思千里　故郷　今夜　千里を思う
霜鬢明朝又一年　霜鬢　明朝　又一年

旅館の寒々した灯のもと独りで眠らずにいると、旅人である私の心はなぜかますます寂しく悲しくなる、故郷では今夜千里も遠く旅に出ている私のことを思っているだろう、霜のような髪は明日の朝（お正月）になれば又一つ年をとる。

これは高適が他郷で独り年越しをした時の詩。前半は、大晦日の夜に旅先の宿で独り膝を抱えている様子。「寒灯」は高適の孤独感や寂寥感を象徴します。「寒灯」のもとで眠れずなぜか凄然（悲痛でもの悲しい気持）となった。その理由が後半で、三句目の故郷の家族も千里も遠い旅の身空の私を思っているだろうというのは、故郷の家族を恋しく思う高適の屈折した望郷表現です。最後の句の「霜鬢」（白髪）は不遇も含意します。「霜鬢」不遇な私は明日の朝になればまた一つ年をとる。将来への展望もなく、故郷が恋しくても帰れない高適の哀しい大晦日。まだ世に知られず各地を放浪していたころの作品です。この詩は、三十年くらい後の中唐の戴叔倫に次のように本歌取りされます。

中唐・戴叔倫の「除夜宿石頭駅」（除夜石頭駅に宿す）

旅館誰相問　　旅館誰か相い問わん
寒灯独可親　　寒灯独り親しむ可し
一年将尽夜　　一年将尽きる夜
万里未帰人　　万里未だ帰らざる人
寥落悲前事　　寥落として前事を悲しみ
支離笑此身　　支離として此の身を笑う
愁顔与衰鬢　　愁顔と衰鬢と
明日又逢春　　明日又春に逢う

旅館で私に話しかけてくれる人は誰もなく、寒灯だけが身近にある。一年が終わろうとする夜、万里も遠く旅をしてまだ故郷に帰れない私、落ちぶれて過去の事を悲しみ、とりとめもなく今の我が身を笑い、愁い顔と衰えた鬢のまま、明日は又新春を迎える

これは、戴叔倫が旅先で除夜（大晦日）を過ごした時、高適の「除夜作」詩を本歌取りして五言律詩を作ってみた、というもの。律詩として対句の工夫はありますが、内容もほとんど同じです。この詩は、高適の「除夜作」詩が不遇をかこつ姿を詠じる一典型として周知されていたことを伝えています。

中唐・白楽天の「客中守歳」詩

守歳樽無酒　　歳を守り　樽に酒無く
思郷涙満巾　　郷を思い　涙　巾に満つ
始知為客苦　　始めて知る　客と為るの苦は
不及在家貧　　家に在りての貧に及ばすと
畏老偏驚節　　老を畏れて偏に節に驚き
防愁預悪春　　愁を防いで預め春を悪む
故園今夜裏　　故園　今夜の裏
応念未帰人　　応に未だ帰らざる人を念うべし

徹夜で年越しをするのにとっくりの酒もなく、故郷を思い涙がハンカチにあふれるほど。今夜始めて旅人の苦しみは家にいての貧しさよりつらいと分かった。（新年に一つ年を取るので）老いをおそれて元旦の節目に心を痛め、（春に科挙の合格発表があるので）春愁を防ぐために春を嫌いになっておく。故郷の我が家では今夜ずっと、まだ帰郷しない私のことを思っているだろうな。

これは、白楽天が科挙に合格する前の作品。自注に「柳家荘に在り」とありますが、柳家荘の場所は不明です。名も知られぬ寂れた町でお酒もない貧しい旅人（科挙の受験生）として独り年越しをする白楽天の思いが詠われています。最後の二句「故園今夜の裏、応に未だ帰らざる人を念うべし」は、王維の詩の「屈折した望郷表現」の本歌取りです。ここは高適の「故郷今夜　千里を思う」（「除夜の作」詩）と、戴叔倫の「万里未だ帰らざる人」（「除夜宿石頭駅」詩）を意識しています。故郷の家族が年越しの夜に自分のことを思っているだろう、と想像している姿に、辛い時期の懐郷の情に堪えない気持ちがよく伝わります。

白楽天の「邯鄲冬至夜思家」（邯鄲にて冬至の夜に家を思う」）詩

邯鄲駅裏逢冬至　　邯鄲駅裏　冬至に逢う
抱膝灯前影伴身　　膝を抱いて灯前　影　身に伴う
想得家中夜深坐　　想い得たり家中　夜深く坐し

還応説著遠行人　還た応に説著すべし遠行の人

邯鄲の宿場で冬至を迎えたが、膝をかかえ灯火の前にいる私により添うのは私の影だけ、故郷ではこの夜更けに家族が打ちそろって坐り、きっと遠く旅に出ている私のことを話しているだろう。

これは白楽天が邯鄲（今の河北省邯鄲市）で「冬至」を迎えた時の詩。冬至は唐代では元日と同じくらい重視されていた節句です。邯鄲は戦国時代の趙の都ですが、唐代には寂れた田舎町になっていました。二句目の灯の前で膝を抱えている姿は、高適の「旅館の寒灯独り眠らず」（「除夜の作」詩）を意識したもの。後半二句が、「屈折した望郷表現」の本歌取りです。寂れた邯鄲の宿場で冬至の夜を独り家族の様子を思い浮かべながら過ごしている。この時、白楽天三十三歳、ようやく秘書省校書郎（正九品上）の官を授けられた翌年で世に出ようと雌伏の時期でした。

王維の「九月九日憶山東兄弟」詩の「屈折した望郷表現」を本歌取りする詩に共通するのは、作者がみなうだつの上がらないころのものということです。家族が揃い団欒して過ごす大晦日やお節句に、「他郷で独り故郷の家族の様子を思い浮かべている」、と詠うこれらの詩は、たんなるホームシックや望郷詩としてではなく、多くの不遇をかこつ人にとって人生の応援歌のように共感されたと思われます。この系譜の詩は歳時詩のジャンルに分類されますが、その中で異質な作品群ともいえます。高適の「除夜作」詩の出現後は、高適の詩が本歌を超えて本歌取りされる場合が多くなりました。

五　盛唐・王昌齢の「芙蓉楼送辛漸」詩を本歌とする詩の系譜

――旅立つ人に伝言を託す構想の送別詩――

王昌齢の「芙蓉楼送辛漸」詩は唐代の送別詩の中でも有名な作品で、旅立つ人に伝言を託す構想とその伝言内容が素晴らしいと本歌取りされました。詩は次のような内容です。

盛唐・王昌齢の「芙蓉楼送辛漸」（芙蓉楼にて辛漸を送る）詩

寒雨連江夜入呉　　寒雨　江に連なって　夜　呉に入る
平明送客楚山孤　　平明　客を送れば　楚山　孤なり
洛陽親友如相問　　洛陽の親友　如し相い問わば
一片氷心在玉壺　　一片の氷心　玉壺に在り

寒々とした雨が川面に連なるように降る夜に（王昌齢と辛漸は）呉（鎮江一帯を指す）に入り、夜明けに客（旅人、辛漸）を見送ると対岸にはぽつんと一つ楚の山（鎮江の対岸の山）。洛陽の親友がもし私のことを君（辛漸）に尋ねたら、王昌齢は清らかに澄みきった氷が玉壺の中にある、そんな心境だと伝えてくれ。

これは、江寧（江蘇省南京）の丞に左遷されていた王昌齢が、洛陽（都）へ帰る辛漸を芙蓉楼（江蘇省鎮江にある高楼）で見送った詩。前半は送別の情景。同時に王昌齢の孤独感、寂しさを象徴する心象風景です。後半は、洛陽（都）にいる親友がもし君（辛漸）に私のことをたずねたら、王昌齢は玉壺の中の氷のような清らかな澄みきった心でいる、と伝えてくれ。辛漸に託した伝言の句「一片の氷心玉壺に在り」は、六朝の宋の鮑照「代白頭吟」詩の「清如玉壺氷（清きこと玉壺の氷の如し）」によるものですが、とてもスマートな垢ぬけた句で、この詩の金看板です。この句が当時の人たちに斬新だと衝撃を与えたのは、左遷されてしょぼくれているだろう、と思っていた王昌齢の意外な心境だったからであり、またこの詩がすでに有名であった王維の「送別」詩の「旅立つ人に伝言を託す構想」を本歌取りしたものでありながら、その伝言内容が本歌とは全く別趣のものだったからです。王維の「送別」詩は次のような内容です。

王維の「送別」詩

送君南浦涙如糸　　君を南浦に送れば涙糸の如し

君向東州使我悲　　君は東州に向かい我をして悲しましむ
為報故人顦顇尽　　為に報ぜよ故人に　顦顇し尽くし
如今不似洛陽時　　如今　洛陽の時に似ずと

君を南浦で送れば流れる涙は糸のよう、君は東州へ向かい私はとても悲しい。私の為に都の友人に伝えてくれ、王維はやつれ果て、今や洛陽（都）にいた時のようではないと。

この詩は、王維が人生最初の挫折、済州（山東省長清県）に左遷されていたころ、都長安に帰る祖詠を見送った時のもの。前半は、祖詠との別れの悲しさ。南浦は、南の水辺。『楚辞』九歌に「美人を南浦に送る」、江淹の「別賦」に「君を南浦に送り、傷めども之を如何せん」とあり、別れの情緒を含む語です。東州は、この地名はありません。一本に東周に作り、これに従えば紀元前の東周王朝（都は洛邑つまり洛陽）のことで、「君は東州に向かい…」は、君は唐朝の都長安に帰り…、となります。後半は旅立つ祖詠に託した伝言です。私の昔の友人に伝えてくれ、王維は憔悴し尽くして、今やすでに洛陽（都長安）にいた時のようではない、と。王維は都長安で王侯貴族の屋敷に出入りし、アイドルのようにもてはやされた受験準備期を経て、二一歳の若さで科挙の進士科に合格、前途洋洋と思っていた矢先の翌年、事に坐して左遷されたのです。三句目の「憔悴尽」は、楚の屈原が楚国から放逐された時のやつれ果てた様子（『楚辞』漁父）。四句目「如今洛陽の時に似ず」は、漢代に五言詩が詠われ始めたころには開発されていた「昔は〜であったが、今は〜となった」、という伝統的な対句表現をうまく七言にしたものです。漢代の作品には例えば次のような用例があります。

「古詩十九首」其二

……

昔為倡家女　　昔は倡家の女為り
今為蕩子婦　　今は蕩子の婦と為る
蕩子行不帰　　蕩子　行きて帰らず
空牀難独守　　空牀　独り守り難し

…昔は妓楼の歌姫（皆にもてはやされた身）だったが、今は道楽者の妻、道楽者の夫は出かけたまま帰らず、独り寝のさびしさに耐えられない。

「漢の成帝の時の童謡歌」其二

桂樹華不実　　桂樹　華さくも実らず
黄雀巣其顚　　黄雀　其の顚に巣くう
昔為人所羨　　昔は人の羨む所と為るも
今為人所憐　　今は人の憐む所と為る

桂の樹には赤色の花が咲いても実は成らず、黄雀がその梢に巣くう、昔は人から羨まれたが、今は憐れみを受ける身の上となった。

この詩の前半は、前漢の成帝に後嗣がいないこと（漢は火徳で、五行思想で赤が配される）、王莽が前漢を奪ったこと（火徳の次の土徳は黄色）を詠っています。後半は、成帝の趙皇后についてです。昔は軽やかな舞で飛燕と呼ばれ寵愛され皇后になり皆に羨ましがられたが（子供が生まれず、成帝の死後、皇后の地位を奪われ庶民に落とされ自殺に追い込まれ）、今や人から憐れまれる身の上だ。「昔は～であったが、今は～となった」の型は、華やかな過去と惨めな現在を対比する面白さが注目され、六朝のころにさまざまな人生を詠う詩に用いられました。その中に、前漢の元帝の時、政略結婚で異民族の匈奴に嫁がされた王昭君の悲劇を詠った西晋の石崇の「王明君詞」があります。王昭君は西晋の始祖・司馬昭を憚り王明君とも表記します。

西晋・石崇の「王明君詞」

……

昔為匣中玉　　昔は匣中の玉為るも
今為糞上英　　今は糞上の英と為る
朝華不足歓　　朝華は歓ぶに足らず

甘与秋草并　　甘んじて秋草と并せられん

伝語後世人　　伝語す後世の人に

遠嫁難為情　　遠嫁は情を為し難しと

…昔は箱の中の玉よと大切にされた身が、今は糞土の上に咲く花、はかない命の木槿の花の栄えなど喜ぶ価値もない、秋草とともに凋むに甘んじよう、しかし後の世の人に伝言したい、遠い異郷に嫁ぐのはなんともやりきれない辛いものだ、と。

「昔は匣中の玉」は、王昭君が漢の宮中で宮女であったこと、「今は糞上の英」は、匈奴の単于（首長の称号）の后の身分であることをいいます。最後の二句、この辛い境遇を後世の人に伝言するという結びは、「昔は〜であったが、今は〜となった」の型に新しさを付加したものです。王維は、古来の型に石崇の「王明君詞」の「伝言する」発想を加え、「昔は〜であったが」を省略して、「為に報ぜよ、如今…」の型にしたのです。昔の友人に自分の近況を伝言するのですから、「昔は〜」は不要です。王維が開発した型は、由緒正しい長い伝統をもつ詩想表現をリニューアルしたものですから、古来の詩文を学んできた詩人たちは既視感があります。また「送別」詩の内容も、王維の運命の落差の大きさ、悲劇性が上手く詠われていて、詩人たちの共感を得るものでした。それで「為報…、如今…」（私のために伝えてください、私は今や昔のようではなく落ちぶれ惨めな状況だ、と）の型で本歌取りされたのです。王昌齢は王維の詩の「旅立つ人に伝言を託す構想」を「洛陽の親友如し相い問わば」と洛陽の地名も取り込んだ仮定表現にして、伝言の内容は本歌とは全く別方向の「一片の氷心玉壺に在り」と詠ったのです。王昌齢の詩の反響の強さは、王維の「送別」詩の「為報…、如今…」を本歌取りした型に王昌齢の詩（「如相問」をキーワードに）を併せた詩が作られるようになったことから分かります。例えば岑参の次の二首の作品です。

盛唐・岑参の「送揚州王司馬」（揚州に王司馬を送る）詩

……

東南随去鳥　　東南　去鳥に随い
人吏待行舟　　人吏　行舟を待つ
為報吾兄道　　為報ぜよ吾兄の道
如今已白頭　　如今　已に白頭なりと

東南に飛び去る鳥に随い、（揚州へ行けば）王司馬の舟を揚州の人や役人が待っているでしょう、私の為に兄に伝えてください、岑参は今やすでに白髪頭だと。

これは揚州（江蘇省揚州市）に赴任する王司馬（伝記不詳）を見送った時、丹陽（江蘇省鎮江）にいる兄の岑況への伝言を託した詩。岑参が四十三、四歳、右補闕（従七品上）のころのものです。最後の二句が王維の「為報…如今（昔のようではない）」の本歌取り。「私のために兄に伝えてください、岑参は今や「白髪」（老いて不遇）になった」と。伝言の句は、惨めな状況をいう内容です。岑参は同じころの詩でも、王維の詩を本歌取りして兄に白髪になったと伝言していますが、こちらは王昌齢の詩の「如相問」の発想も取り込んでいます。次の詩です。

盛唐・岑参の「送人帰江寧」（人の江寧に帰るを送る）詩

……

海月迎帰楚　海月　楚に帰るを迎え

江雲引到郷　江雲　郷に到るを引く

吾兄応借問　吾兄　応に借問すべし

為報鬢毛霜　為に報ぜよ鬢毛霜のごとくなりと

…海に映る月が楚（長江下流域一帯、江寧をさす）に帰るあなたを出迎え、江に浮かぶ雲が故郷へと引き寄せるでしょう、（帰れば）私の兄がきっと私のことを問うはずです、私の為に（兄に）岑参は霜のような白髪だ（不遇で苦労している）と伝えてください。

これは江寧（江蘇省南京市）に帰る人を見送る詩。最後の二句は王維の「送別」詩の本歌取りですが、「吾兄　応に借問すべし」は、王昌齢の詩の「洛陽の親友如し相い問わば」を意識して一ひねりしたものです。このように二人の詩を併せて本歌取りする型は、杜甫の詩にも見られます。次の詩です。

盛唐・杜甫の「泛舟送魏十八倉曹還京因寄岑中允参范郎中季明」（舟を泛べて魏十八倉曹が京に還るを送り因りて岑中允参と范郎中季明に寄す）詩

遅日深江水　　遅日深江の水
軽舟送別筵　　軽舟送別の筵
帝郷愁緒外　　帝郷　愁緒の外
春色涙痕辺　　春色　涙痕の辺
見酒須相憶　　酒を見ば須らく相い憶うべし
将詩莫浪伝　　詩を将って浪りに伝う莫れ
若逢岑与范　　若し岑と范に逢わば
為報各衰年　　為に報ぜよ各に衰年なりと

春の日に深い川の水に、舟を浮かべて送別の宴をはる、都は断ち切れない思いを抱く私の外にあり、春景色は私の涙の痕のあたりにある、（君は都に帰り）酒を見たら私を思うはず、でも私の詩をやたらと広めてはいけないよ、もし都長安で岑参や范季明に逢ったら、二人各々に杜甫は老い衰えた、と伝えてくれ。

これは蜀の梓州（四川省綿陽市）にいる杜甫が都長安に帰る魏十八（伝記不詳）を送別して、都にいる岑参と范季明に伝言を託した詩。最後の二句、「若逢…」は王昌齢の詩「洛陽の親友如し相い問わば」の発想に倣ったもので、伝言内容の「為に報ぜよ各に衰年なりと」は王維の「送別」詩の本歌取り。「衰年」（老い衰えた）は、本歌の伝言の内容「今や昔のようではない（落ちぶれ惨めだ）」を凝縮したものです。杜甫が都の朝廷で左拾遺の官にあった時、岑参は右補闕で二人はなかよく勤務していました。官を捨てて蜀を放浪中の杜甫が、都で太子中允（正五品下）に出世している岑参に、「今や衰年なり」と伝言する気持ちには複雑な深い悲しみが感じられます。この時、杜甫五二歳。この詩のように王維の「送別」詩の本歌取りの中に、王昌齢の詩の「如相問」の発想に倣う「若逢…」を詠いこむ型は、中唐のころ定着します。

中唐・劉長卿の「呉中別厳士元」（呉中にて厳士元に別れる）詩

春風倚棹闔閭城　春風棹に倚る　闔閭の城
水国春寒陰復晴　水国春寒く　陰り復た晴る
細雨湿衣看不見　細雨衣を湿し　看れども見えず
閑花落地聴無声　閑花地に落ち　聴けども声無し

日斜江上孤帆影　　日は斜めに江上　孤帆の影
草緑湖南万里情　　草は緑に湖南　万里の情
東道若逢相識問　　東道若し相識の問うに逢わば
青袍今已誤儒生　　青袍　今や已に儒生を誤る

春風の中、舟に棹さして闔閭（呉王）の町にきた、水郷の国は春でも寒く雲ったり晴れたり、小糠雨が衣を濡らすが雨粒は見えず、ひっそり咲く花が地に落ちてもその音はしない。夕日がさす川面にぽつんと一つ帆影、草が緑に茂る太湖の南で万里の別れの情は尽きない、東道（ご主人、厳士元）がもし私を知る人に逢い（私のことを）問われたら、劉長卿は今や青袍（低い身分の者が着る服）、儒学を治めた者の道を間違えた、と伝えてください。

これは、劉長卿が潘州南巴（広東省）の尉（従九品上）に貶謫される途中で呉中（江蘇省蘇州付近）に立ち寄り、もてなしてくれた厳士元（伝記未詳）に別れる時の詩。劉長卿は科挙の進士科に合格後、監察御史（正八品上）、検校祠部員外郎（従六品上）と出世の階段を上っていましたが、無実の罪で投獄され、潘州に流されるのです。最後の二句の「東道若し相識の問うに逢わば」は、王昌齢の詩の「如相問」に倣い、伝言の句の「青袍　今や已に儒生を誤る」は、王維の詩の「如今…（昔のようではない、落ちぶれ惨めだ）」を本歌取りして、貶謫されたことを自嘲的に表現したもの。陶淵明が役人になったことを「誤って塵網の中に落つ」（「帰園田居」詩）と表現した「誤」を逆の方向で用いて新しみも出しています。中唐のころ、王維の詩の本歌取りと王昌齢の詩（「如相問」をキーワードに）を併せて作詩する傾向があったことを示すよい例が、白楽天の次の詩です。

中唐・白楽天の「王昭君」其二

漢使却回憑寄語　漢使却回するとき憑りて語を寄す
黄金何日贖娥眉　黄金何れの日か娥眉を贖う
君王若問妾顔色　君王若し妾が顔色を問わば
莫道不如宮裏時　道う莫れ　宮裏の時に如かずと

（王昭君は）漢の使者が帰国するとき伝言を頼んだ、黄金で私を買い戻すのはいつでしょうか、そのときもし天子様があなたに私の容貌をおたずねになったら、王昭君は漢の宮中にいた時より容色が衰えた、などとはいわないでくださいね。

この詩は、十七歳と自注があり、白楽天のいわば習作です。王昌齢の「如相問」の発想に倣いつつ、伝言内容は王維の「為報…、如今（昔のようではない）」を逆にして、昔のようではない（美人ではなくなった）と言わないで下さい、とあわれな女心をうまく捉えて新しみを出しています。伝言する人を王昭君としたのは、王維がお手本にした西晋の石崇の「王明君詞」を意識したもの。王昭君は前漢の元帝の宮女です。「元帝は後宮の宮女が多いので、画工に肖像画を描かせその中から美女を選び寵愛した。宮女たちは画工に賄賂を贈り綺麗に描かせたが王昭君は贈らず醜く描かれ、匈奴の王の嫁に選ばれた。出発する日に王昭君を見た元帝は絶世の美女だと知り後悔した」、と伝えられます。

白楽天の「潯陽春」（潯陽の春）其一「春生」詩

春生何処闇周遊　　春生じて何れの処にか闇に周遊す
海角天涯遍始休　　海角天涯　遍くして始めて休す

…中略

若到故園応覓我　　若し故園に到りらば応に我を覓むべし
為伝淪落在江州　　為に伝えん淪落して江州に在りと

春はどこかで発生して自然に周遊し、世界の果てまであまねく渡ってようやく終わる。…、（春が）もし私の故郷（都長安）に行ったらきっと私を探し求めるはず、だから伝えよう白楽天は落ちぶれ流浪して江州にいる、と。

この詩は白楽天が人生最初の大きな挫折、江州（江西省九江）司馬に左遷された翌年の春の作。都長安にいたころは、春ともなれば花見や名所での行楽と春を堪能していたから、「春」が都に行けば白楽天を探すだろう、だから「春」に伝言する、白楽天は今や落ちぶれて江州を流浪している、と。

「春」を擬人化した所が新趣向です。「春」は朝廷への郷愁が反映したもので、都の友人も含みます。もし春が都に行ったら、と王昌齢の詩の「如相問」の発想に倣いつつ、王維の詩の「為報…、如今…」の型を凝縮して「為に伝えん淪落して江州に在り」と伝言したのです。王維の「私の為に都の友人に伝えてくれ、王維は顛頓し尽くし、今や洛陽（都）にいた時のようではないと」の見事な本歌取りです。済州に左遷された王維の姿、楚から放逐された屈原のやつれ果てた姿が彷彿して白楽天に重なります。

中唐・韋応物の「自鞏洛舟行入黄河即事寄府県僚友」（鞏洛自り舟行して黄河に入る即事、府県の僚友に寄す）詩

夾水蒼山路向東　水を夾む蒼山　路は東に向かい
東南山豁大河通　東南に山豁けて　大河通ず
寒樹依微遠天外　寒樹依微たり　遠天の外
夕陽明滅乱流中　夕陽明滅す　乱流の中
孤村幾歳臨伊岸　孤村　幾歳か伊岸に臨む
一雁初晴下朔風　一雁　初めて晴れて朔風に下る
為報洛橋遊宦侶　為に報ぜよ　洛橋遊宦の侶に

扁舟不繋与心同　　扁舟　繋がず　心と同じと

洛水は夕方の薄暗い山の間を流れて東に向い、東南の山が開けた所で黄河に通じている。冬の木々がぼんやり遠い空にみえ、夕陽が不規則な流れに明るくまた暗く反射している。ぽつんとある村は幾年も伊水の岸に臨み、一羽の雁が晴れたばかりの空を北風ともに下ってゆく、(雁よ)私の為に洛橋(天津橋、洛陽をさす)の同僚に伝えてくれ、韋応物は今や繋がれず流れに浮かぶ小舟のような心境(なにものにとらわれない自由な心)だと。

この詩は雁(手紙の縁語)に伝言を託すとして自分の自由な心、生き方を表明したもの。最後の二句、「為報」は王維の詩の「為報…、如今(昔のようではない)」の本歌取りですが、伝言内容に一工夫あります。「今や、昔のようではない」のは、落ちぶれたのではなくて、自由な心になった、というのです。これを、王昌齢が自分の清らかな心を「一片氷心在玉壺」と具体的な物で比喩した発想に倣って、自由な心という抽象的なことを繋がれず流れに浮かぶ小舟のようだ、としたのです。「扁舟不繋」は、『荘子』の「汎として繋がざる舟の若し」による語。伝言の相手の「遊宦」は、他郷で役人をしている人。ここは詩題の府県の僚友、洛陽の河南府(役所の名)の役人仲間。韋応物が洛陽県の丞の職をなげうち同徳精舎に籠る時の作かと思われます。中唐のころには、王維の詩から離れ、王昌齢の詩を本歌取りした詩も出現します。次の詩です。

中唐・劉禹錫の「送曹璩帰越中旧隠」（曹璩の越中の旧隠に帰るを送る）詩

……

地遠何当随計吏　地遠く何ぞ当に計吏に随わん
策成終自詣公車　策成り終に自ら公車に詣る
剡中若問連州事　剡中若し連州の事を問わば
唯有千山画不如　唯だ千山有り　画も如かずと

…（越中の）地が都から遠くても（君は朱買臣のように）計吏に随行すべきだし、試問の答案が作成できれば終には自然と公車でお召しを待つようになろう。剡中（越中）の人がもし連州の事を君に問うたら、多くの山があり絵画よりも美しい風景だ（劉禹錫は美しい山水を楽しんでいる）、と伝えてくれ。

この詩は、連州（広東省）刺史に左遷されている劉禹錫が、越中（浙江省紹興、剡中）に帰る曹璩（伝記不詳）を見送り、伝言を託したもの。最後の二句が王昌齢の詩の本歌取りです。もし剡中の人が連州の事（劉禹錫のこと）をたずねたら、連州には多くの山があり絵よりも美しい所だ（劉禹錫は連州の山水自然を楽しんでいる）と伝えてくれ。剡中の人は連州に左遷された劉禹錫はひどく落ち込んでいると思っているだろう、だがそうではないと、王昌齢の詩の「如相問」を本歌取りして「一片氷心在玉壺」を想起させ、その清らかな心境に重ねたのです。上手い本歌取りです。剡中には剡渓という景勝地があるので、それへの対抗心も感じられます。なお地遠〜策成までの二句は、曹璩と同じ越中の人、漢代の朱買臣の次の故事を踏まえます「朱買臣は越州で貧困の中で学問し、出世しようと下僕になって計吏（郡の会計係り）の上京に随行し、公車（官署の名）で天子のお召を待ち、策（天子の試問）に見事に答えて採用され、故郷に錦を飾った」（『漢書』朱買臣伝）。

晩唐になると、王昌齢の詩の「如相問」を本歌取りすれば「一片氷心在玉壺」、清らかな心が想起されることから、「如相問」を用いて自分の清らかな生き方や隠者暮しを表明する詩が現れます。まず杜牧の次の詩です。

晩唐・杜牧の「自宣州赴官入京路逢裴坦判官帰宣州因題贈」（宣州自り官に赴き京に入る路に裴坦判官の宣州に帰るに逢うに因りて題贈す）詩

……

今日送君話前事　　今日君を送り前事を話し
高歌引剣還一傾　　高歌剣を引き還た一たび傾く
江湖酒伴如相問　　江湖の酒伴　如し相い問わば
終老煙波不計程　　老を煙波に終える　程を計らずと

…今日宣州に帰る君を見送るに際して、前回宣州に赴任した時の事を語り、高歌し剣を抜いて舞い酒を飲んだ、宣州の飲み仲間が私のことを問うたら、杜牧はいずれ煙波の水辺に隠棲して一生を送るつもりだ、と伝えてくれ。

この詩は、杜牧が三七歳の正月、左補闕に就任するため上京する途中で、宣州（安徽省宣城県）での同僚の裴坦に出逢った時のもの。最後の二句は、王昌齢の詩の「如相問」の本歌取りです。宣州の飲み仲間がもし私のことを尋ねたら、杜牧はいずれ水辺に隠棲するつもりだと伝えてくれ。伝言内容の帰隠願望は、「如相問」から想起される、俗念を去った清らかなものです。ただここは官僚の一種の常套句です。伝言の相手を「江湖の酒伴」とした所に、風流三昧だった宣州の日々を懐かしむ思いと栄転の照れ隠しが感じられます。杜牧は、最初は二八歳、名門出身のエリート官僚の順調な歩み出しの任地として、二度目は三五歳、眼病を患った弟一家の面倒をみるための地方官として宣州に赴任しました。なお、こういった常套句的な帰隠願望は中唐の鄭常の「寄邢逸人」（邢逸人に寄す）詩にも、「若問湖辺意、而今憶共帰」（若し湖辺の意を問わば、而今共に帰らんことを憶う）と、隠者である邢逸人への一種のお世辞として詠われています。

晩唐末・呉融の「閿郷卜居」（閿郷に居を卜す）詩

六載抽毫侍禁闈　　六載　毫を抽いて　禁闈に侍す
可堪衰病決然帰　　衰病　堪う可けんや　決然として帰る

五陵年少如相問　　五陵の年少　如し相い問わば
阿対泉頭一布衣　　阿対泉の頭り　一布衣

六年間、筆をとって天子様のお側近くにお仕えしたが、老衰と病気で任務に堪えられずきっぱりと帰った。五陵（ここは都長安）の若者がもし私のことを問うたら、阿対泉のほとりの一介の布衣になっていると、答えよう。

この詩は、呉融が布衣（無位無官の庶民、隠者）として暮らすことを「如相問」を用いて表明したもの。前半は、呉融の隠棲に至る経緯。後半は、五陵（都長安の朝廷の）の若者が私のことを問うなら、今や「阿対泉のほとりの一布衣」と答えよう。阿対泉は、呉融の自註に「阿対は是れ楊伯起の家僮、嘗て泉を引き蔬に灌ぐ、泉は今に至るも在り」とあり、楊伯起は関西の孔子と称される後漢の政治家楊震（伯起は字）。楊震にちなむ阿対泉のほとりの布衣だ、というのですからこの布衣は王昌齢の詩の「如相問」の本歌取りから想起される清らかな心に、楊震のイメージも重ねた布衣だと分かります。落ちぶれた惨めな無位無官の人のイメージではありません。呉融は翰林学士として六年間昭宗に仕え、朱全忠の軍が都に侵入し昭宗が鳳翔に避難した時、閿郷（河南省閿郷県）に隠棲したのですが、三年後に昭宗は朱全忠に殺され、さらに三年後に唐王朝は滅亡しました。

王維の「送別詩」の「旅立つ人に伝言を託す構想」は、王昌齢の「芙蓉楼送辛漸」詩が出現してから、王昌齢の詩の「如相問」の発想を混在させて本歌取りされるようになり、やがて「如相問」を用いて「送別詩」だけでなく、清らかな心境や生き方を表明する詩が作られるようになりました。「如相問」（若問、若逢）とあれば、「一片の氷心　玉壺に在り」の句が想起されたからです。この句のインパクトの強さが分かります。この句は初唐の駱賓王の「送別」詩の「離心何以ってか贈らん、自ら玉壺の氷有り」の「離心」と「玉壺の氷有り」を併せて「氷心玉壺に在り」とし、更に孟浩然の「送朱大入秦」詩の「手を分つに脱して相い贈る　平生一片の心」の「一片の心」（私の心）を併せて「一片氷心」にしたもので、初唐のころの「送別詩」の典型、餞別に自分の真心を贈る型を踏まえています。これを王維の「送別詩」の「旅立つ人に伝言を託す構想」を本歌取りした、本来なら惨め現状をいう伝言の句に用いたので強いインパクトを与えたのです。なおこの句が本歌取りされた例は殆どありません。基になっている鮑照の「清如玉壺氷」が京兆府の郷試の詩の試験の課題（開元五年）に出され、多くの人が「清如玉壺氷」を過去問の練習題にしたので、「一片の氷心玉壺に在り」を見た時にこれより上手くは作れないと思ったからと、推察されます。いずれにしても本歌である王維の「送別詩」は陳腐になり忘れ去られましたが…。

六　盛唐・岑参の「磧中作」詩を本歌とする詩の系譜
――旅の困難さを砂漠の旅に見立てて詠う詩――

岑参の「磧中作」詩は、岑参の二回の辺塞勤務の実体験に基づくもので、唐代に流行した辺塞詩の中でも絶唱とされます。広く人々に知られ、旅の困難さを詠う詩などで本歌取りされました。「磧中作」詩は次のような内容です。

盛唐・岑参の「磧中作」（磧中の作）詩

走馬西来欲到天　　馬を走らせて西へ来り天に到らんと欲す
辞家見月両回圓　　家を辞して月の両回圓かなるを見る
今夜不知何処宿　　今夜　知らず何れの処にか宿せん
平沙万里絶人煙　　平沙万里　人煙絶ゆ

馬を走らせて西へと進み天に到着しそうなほど西に来て、ふと気づいて見れば家を出てから二回目の満月、今夜はどこに宿をとろうか、砂漠は万里の果てまで広がり人煙（人家からのぼる炊飯等の煙）は見えない。

この詩の前半は、磧中（砂漠の中）を西へと進み、ふと見れば家を出てから二度目の満月。気づいたら二か月も経っていた、というのは砂漠の旅がいかに茫漠として非日常的な時間の流れの中にあるかを伝えています。後半は、満月がこうこうと砂漠を照らして砂が白く光っている情景の中で、今夜はどこに泊まるか分からない、人家の煙もまったく見えない、野宿続きだという絶望的な状況が詠われています。砂漠の旅は普通の詩人は滅多に体験できませんが、国内でも旅に出れば普段とは異なる状況に置かれることがあります。そういった時、「磧中作」詩の「砂漠の中で今夜何処に宿をとろうか（宿る所は見当たらない）」は、旅の困難さ異常さを詠う魅力的な状況設定になります。ここがまず水路の舟旅で本歌取りされました。孟浩然の詩がその嚆矢です。

盛唐・孟浩然の「送杜十四之江南」（杜十四の江南に之くを送る）詩

荊呉相接水為郷　　荊呉相い接して水を郷と為す
君去春江正淼茫　　君去るに春江　正に淼茫たり
日暮孤舟何処泊　　日暮　孤舟　何れの処にか泊せん

天涯一望断人腸　　天涯一望　人の腸を断つ

私のいる荊（湖北省一帯）と江南の呉（江蘇省一帯）は水で接する水郷地帯、君が行く春の長江は（水かさが増して）水面が果てしもなく遠く広い。日が暮れて一そうの小舟は何処に泊まるのだろうか、水平線のはてまで見渡す限り岸辺もなく腸がちぎれるほど悲しい。

これは舟で江南（長江南部の地方）の呉へ行く杜十四（伝記不詳）を見送った詩。前半は春で水かさを増した長江の様子。三句目「日暮　孤舟　何れの処にか泊せん」の「泊」は、舟を繋ぐところ。日が暮れても水量を増した長江は舟を泊める岸も見当たらない、広い川面にぽつんと浮かぶ一そうの杜十四の乗った小舟。豊富な水量で果てしなく広がる春の長江の水面を、本歌の詠う「平沙万里」の砂漠に見立てた所がうまい本歌取り、アイディアです。杜十四の舟旅を案じて、その困難さを岑参の砂漠の旅路のようだと表現したのです。広い水面を砂漠に見立てる詠いかたは、次のように進化します。例えば皎然の次の詩です。

中唐・皎然の「与盧孟明別後宿南湖対月」（盧孟明と別れし後、南湖に宿り月に対す）詩

五湖生夜月　　五湖　夜月生じ
千里満寒流　　千里　寒流満つ
曠望煙霞尽　　曠望すれば煙霞尽き

凄涼天地秋　　凄涼たり天地の秋
相思路渺渺　　相い思う路の渺渺たるを
独夢水悠悠　　独り夢む水の悠悠たるを
何処空江上　　何れの処か空江の上
裴回送客舟　　裴回して客舟を送らん

五湖（太湖）に今夜の月が上り、千里にも広がる湖面には寒々しい流れが満ちている。はるか眺めれば煙霞が消えて、寂しくひっそりとした天地の秋、君の航路の果てしなく広いさまを思い、独り水面がどこまでも続く夢を見る、（今夜の月は）がらんとした広大な川面のどのあたりを裴回（さまよう）して（盧孟明の）旅の舟を見送ることか。

これは、皎然が湖畔の宿で月を見ながら盧孟明（伝記不詳）の舟旅の困難さを思い案じた詩。前半は、煙靄の消えた千里にも広がる南湖の水面を秋の月が照らす情景。最後の二句は皎然が想像する盧孟明の舟旅の様子で、「空江」は人の気配のない大きな川。月に照らされて白く光る空江（広い川面）を砂漠に見たてて、岸辺も見当たらない空江にポツンと浮かび裴回（さまよう）する盧孟明の舟を、砂漠の満月の下で何処に宿ろうかと立ちすくむ岑参に重ねています。月がスポットライトのように盧孟明の舟を照らし出している光景が新しみです。舟旅をする本人がその感慨を詠った詩もあります。

権徳輿の次の詩です。

中唐・権徳輿の「舟行夜泊」詩

蕭蕭落葉送残秋　蕭蕭として落葉　残秋を送り
寂寞寒波急瞑流　寂寞たる寒波　瞑流急なり
今夜不知何処泊　今夜知らず　何れの処にか泊せん
断猿晴月引孤舟　断猿晴月　孤舟を引く

さびしげに散る葉が残秋を送り、もの寂しく寒々した波、日暮の流れははやい。今夜はどこに舟を泊めようか、悲しげな猿の声と晴夜の月がポツンと一そうの舟を曳く。

この詩も月に照らされた広い水面を月下の砂漠に見立てたもの。一句目の「蕭蕭落葉」は、杜甫の「登高」詩の「無辺の落木蕭蕭として下り、不尽の長江滾滾として来る」を意識するものですから、長江の舟旅と推察されます。三句目は、本歌の「今夜不知何処宿」の「宿」を「泊」に変えただけの素直な本歌取りです。「泊」は舟を繋ぐ岸。四句目の「晴月」は、晴れた夜空に懸かる月。晴月に照らされた長江の広い水面にポツンと浮かぶ小舟の私は、満月に照らされ白く光る砂漠の中で、宿るところも見当たらない岑参の思いと同じだ、というのです。「断猿」は、断腸の猿。悲しげに鳴く猿の声は、より寂しさを増す工夫です。晩唐になると、陸路の旅でも「今夜不知何処宿」が本歌取りされます。許渾の次の詩です。

晩唐・許渾の「送蕭処士帰緱嶺別業」（蕭処士の緱嶺の別業に帰るを送る）詩

……

緱山住近吹笙廟　緱山住いて近し　吹笙の廟
湘水行逢鼓瑟祠　湘水行きて逢う　鼓瑟の祠
今夜月明何処宿　今夜月明　何れの処にか宿せん
九疑雲尽碧参差　九疑雲尽き、碧参差

緱山のお住まいの近くには笙を吹いて仙人になった王子喬の廟があり、湘水を行けば月夜に瑟を鼓すという湘水の女神を祀った祠に逢うでしょう。（仙人世界に迷い込んだような）今夜、明月のもとで蕭処士はどこに宿るのでしょうか、九疑山は雲が晴れても緑の木々が高低ふぞろいに覆っています。

これは、蕭処士（伝記不詳）が緱嶺（河南省偃師県の南にある山）の別業（別荘）に帰るのを見送った詩。最後の句の九疑は、同じ形の峰が九つあり道に迷うところから名付けられたという湖南省寧遠県の南にある九疑山。緑に覆われている九疑山の山並みを俯瞰し、それが明月に照らされた光景を砂漠に見立てた所が新しみです。月下の九疑山を行く蕭処士はどこに宿るのだろうと、砂漠の満月の下の岑参の姿に重ねて旅の困難さを案じています。陸路の旅では孟浩然が雪原を砂漠に見立てて本歌取りしています。次の詩です。

盛唐・孟浩然の「赴京途中遇雪」（京に赴く途中、雪に遇う）」詩

迢遞秦京道　迢遞たり秦京の道
蒼茫歳暮天　蒼茫たり歳暮の天
窮陰連晦朔　窮陰　晦朔に連なり
積雪遍山川　積雪　山川に遍し
落雁迷砂渚　落雁　砂渚に迷い
飢烏噪野田　飢烏　野田に噪ぐ
客愁空佇立　客愁　空しく佇立するに
不見有人煙　人煙有るを見ず

はるかに遠い秦京（都長安）への道、薄暗い年の暮の空。陰気が窮まり晦は朔へ（月末は月初めへ）と連接し、積雪は山や川を遍く覆っている。落雁（空から地におりる雁の列）は雪が積もる沙原の渚でおりる場所に迷い、飢えた烏は雪が積もる郊外の田畑で餌を探して鳴いている。旅の愁いで空しく雪原にたたずむも、どこにも人家の煙は見えない。

この詩は、見渡す限りの雪原を砂漠に見立てたアイディアが見どころです。月は詠われていませんが、雪があたり一面に降り積もっている情景を月に照らされた砂漠の沙のようだ、という比喩表現はすでに開発されており、初唐・張説の「奉和聖製喜雪詩」に「…、花を含んで雪は豊を告ぐ、積もれば沙の月に照らさる如く…」とあります。孟浩然は四句目の「積雪山川に遍し」で、山も川も一面雪に覆われた情景を描き出し（雪野原を砂漠に見立てて）、こんな雪野原を旅する思いは、砂漠を旅する岑参の「平沙万里人煙絶ゆ」と同じだと本歌取りして、その絶望的な状況、気分を「客愁空しく佇立するに、人煙有るを見ず」と重ねています。

盛唐・杜甫の「送人従軍」（人の従軍するを送る）詩

弱水応無地　　弱水　応に地無かるべし
陽関已近天　　陽関　已に天に近し
今君度砂磧　　今君砂磧を度る
累月断人煙　　累月　人煙断ゆ

…後略

君が行く先は弱水（甘粛省から張掖、居延のあたりまで流れる川）が広がり地面が無いようであろうし、陽関（敦煌の西南に在る関所）のあたりはもう天にも近づきそうであろう、今、君は砂漠を渡って行くが、何か月も人家の煙を見ることもなかろう。

これは、杜甫が秦州（甘粛省天水県）で従軍する人を見送った詩。自注に「時に吐蕃（チベット族）の役（戦争）有り」とあります。引用部分は、従軍する人が行く砂漠の情景描写ですが、コピーとも思えるほどの岑参の「磧中作」詩の本歌取りです。二句目「陽関已に天に近し」は、本歌の「馬を走らせて西へ来り天に到らんと欲す」を、四句目「累月　人煙断ゆ」の「累月」は、満月の回数をかさねる意味で、本歌の「家を辞して月の両回圓かなるを見る」を、「人煙断ゆ」は「平沙万里絶人煙ゆ」を踏まえたもの。杜甫ほどのすぐれた詩人のこの詩から、岑参の「磧中作」詩が如何に有名で、当時、砂漠を詠う際の格好のお手本と目されていたことがよく分かります。

中唐・劉長卿の「送河南元判官赴河南勾当苗税充百官俸銭」（河南の元判官が河南に赴き苗税を勾当し百官の俸銭に充てるを送る）詩

……

鳥雀空城在　　鳥雀の空城在り
榛蕪旧路還　　榛蕪の旧路還る
山東征戦苦　　山東　征戦に苦しめば
幾処有人煙　　幾く処か人煙有らん

…君はカラスや雀ばかりで人の気配のないがらんとした町、雑草が生い茂るもとの道を帰ってゆく、山東（華山或は函谷関より東一帯）は戦乱で苦しめられたから、（道中）人家の煙はほとんどないだろう。

これは、元判官（伝記不詳、判官は官名）が都長安から任地の河南（河南省開封市）に戻るのを見送った詩。安史の乱が終わって四年後の作ですが、七五五年の安禄山の乱から七六三年に安史の乱が終わるまでに、天下の戸口、十に八・九亡ぶ、と伝えられますから、山東一帯はまだ戦禍の爪痕が残っています。その荒廃して人の気配もないひどい情景を「幾く処か人煙有らん」（人家の煙がほとんどない）と詠う句は、「平沙万里絶人煙」を本歌取りしたものですが、元判官の帰路はまるで砂漠の旅ようだ、と風刺の効いた句になっています。なお、詩題の苗税は、唐代の賦税の一つの青苗税。勾当は、担当して処理する意味。

岑参の「磧中作」詩はこの他にも、前半の西へ西へと沙漠を旅して、ふと気づいたら二か月も経っていた、という非日常的な時間感覚も面白いと本歌取りされています。盛唐のころは、月が満月になるより長いスパンのものを詩材にこういった時間感覚を詠っています。まず李白の次の詩です。

盛唐・李白の「憶東山」（東山を憶う）詩其一

不向東山久　東山に向かわざること久しく
薔薇幾度花　薔薇幾度か花さかん

白雲還自散　　白雲　還りて自ずから散じ
明月落誰家　　明月　誰が家にか落つ

東山に行かなくなって長い時間がたつ、（その間に東山の）バラの花は何回咲いたことか、白雲は自然に湧いては消散し、明月は誰かの家を照らしただろう。

この詩は李白が翰林供奉として都長安にいたころのもの。ふと気づけば朝廷での暮らしがずいぶん長くなった、ということを一年に一度咲くバラの花に着目して、「東山のバラの花は何回咲いたかしら」と、とてもしゃれた綺麗な句にしました。東山は、東晋の大貴族の謝安が世俗をはなれて風流な隠棲を楽しんだ会稽（浙江省）にある山。同じころ、友人の道士元丹丘に答えた「以詩代書答元丹丘」（詩を以て書に代え元丹丘に答う）詩では、「離居して咸陽（都長安）に在り、三たび見る秦草（都長安の草）の緑なるを」と、詠っています。道士（神仙になる修行をする人）元丹丘と離れて都長安に暮らし、ふと気づいたら三年も経っていた、というのは仙人ぶりを標榜していた李白が俗世間・朝廷にいる言い訳をしたものです。この時期、李白は翰林供奉として得意の絶頂でしたが、岑参の「磧中作」詩の本歌取りと見ると、朝廷の中で砂漠を旅する岑参のような思いをかみしめていた、という含意も感じられます。李白を敬愛する杜甫は、菊の花に着目しています。次の詩です。

盛唐・杜甫「秋興」其一

玉露凋傷楓樹林　　玉露　凋傷す楓樹の林
巫山巫峡気蕭森　　巫山巫峡　気　蕭森
江間波浪兼天湧　　江間の波浪　天を兼ねて湧き
塞上風雲接地陰　　塞上の風雲　地に接して陰る
叢菊両開他日涙　　叢菊両たび開く　他日の涙
孤舟一繋故園心　　孤舟一えに繋ぐ　故園の心
寒衣処処催刀尺　　寒衣　処処　刀尺を催し
白帝城高急暮砧　　白帝　城高くして　暮砧急なり

玉なす露が楓林の木々をしぼませ、巫山や巫峡は秋の気配がものさびしい。巫峡を流れる長江の波浪は天に連なって湧き立ち、塞付近の風や雲は地に接してあたりを暗くする。叢菊の開花を見て二回目だと気付き過去の日々を思いだして涙し、乗ってきた孤舟を岸に繋いで私の望郷の心をつなぐ。どこもみな冬着の裁縫に追われ、白帝城の城壁は高くそびえ夕暮れの砧の音がせわしげに響いている。

この詩は、杜甫五五歳、夔州（四川省奉節県）の西閣での作。都長安に帰ろうと旅をして、ふと気づけばもう二年も経ってしまった、という思いを一年に一度咲く菊の花に着目して「叢菊両たび開く」と詠いました。杜甫は五十四歳の夏に、成都から舟で長江を下りはじめ、秋に雲安（白帝城のある地）に到りそこで一回目の菊の開花を、翌年の春に夔州に移り、ここで二回目の菊の開花を見たのです。異郷をさすらう悲哀、果てしない旅路の不安や孤独感を「磧中作」詩の岑参の沙漠の旅の思いに上手く重ねています。杜甫には、燕が一年に一度春に巣作りすることに着目した「燕子来舟中作」（燕子の舟中に来る作）詩もあり、「湖南に客と為り動れば春を経　燕子泥を銜えて両度新たなり」（湖南で旅人となりついうかうかと春をすごし、ふと気づけば燕が二回目の巣づくりをし始めた）、と詠っています。湖南（潭州、湖南省長沙市）で二回目の春を迎えた時の詩です。杜甫は五八歳の春三月から、翌年の四月まで湖南に滞在しました。

中唐になると、ふと気づけば長い時間が経っていたということを「家を辞して月の両回圓かなるを見る」の句で詠うようになります。先に見た劉長卿は「謫官後臥病官舎簡賀蘭侍郎」詩で「江上幾回か今夜の月、鏡中復た無し少年の時」（ふと気づけば長江のほとりで何回今夜のような満月をみたことか、鏡に映る私に若いころの面影はない）、と睦州司馬に左遷されてずいぶん長い時間がたったことを詠っています。少し後の韋応物は、尋ねてくるという友人を何か月も心待ちしている、ということを次のように詠っています。

中唐・韋応物の「寄李儋元錫」（李儋と元錫に寄す）詩

去年花裏逢君別、　去年花裏　君に逢って別れ

今日花開已一年、　今日花開いて已に一年

……中略

聞道欲来相問訊、　聞道く来りて相い問訊せんと欲すと

西楼望月幾回円　西楼にて月の幾回円かなるを望む

去年花の中で君と逢って別れ、今年花が咲きすでに一年すぎた…両君が私のご機嫌伺いをしに来るだろうと伝え聞き、（ずっと心待ちしてふと気づけば）西楼で月が幾回満月になるのを見たことか。

これは韋応物が滁州（安徽省滁県）刺史の時の詩。最後の句「西楼にて月の幾回円かなるを望む」は、岑参の「家を辞して月の両回圓かなるを見る」を本歌取りして、ずっと待ち続けてふと気づけば何か月待ち望んでいることか、というもの。友人の李儋と元錫に来るなら早く来てほしい、とその来訪を婉曲に催促しているのです。白楽天は自分の長旅を「磧中作」詩を本歌取りして次のように詠っています。

中唐・白楽天の「客中の月」詩

客従江南来　客　江南従り来る

来時月上弦　来る時　月は上弦

悠悠行旅中　悠悠たる行旅の中

三見清光圓　　三たび清光の圓なるを見る
…中略
朝発渭水橋　　朝に渭水の橋を発し
暮入長安陌　　暮に長安の陌に入る
不知今夜月　　知らず今夜の月
又作誰家客　　又た誰が家の客と作る

旅人（白楽天）は江南から来た、旅立つ時の月は上弦だったが、長旅の途中で、三回も満月になるのを見た…、今朝渭水（長安の北郊を流れる川）の橋を出発し、日暮れに長安の都大路に入った（私の旅は終わったが）、月は今夜も誰かの家の客になるのだろう。

これは、四九歳の冬に都に召還され、左遷先の忠州（四川省忠県）から上京する旅の感慨を詠った詩。「悠悠たる行旅の中、三たび清光の圓なるを見る」は、自分の道中を本歌の「辞家見月両回圓」の句に重ねた素直な本歌取りです。最後の二句は、本歌が「今夜不知何処宿」と詠うところを、月を擬人化して、月は今夜もどこに宿るか分からない、と新しみを出しています。月が道連れの困難な長い旅路だったなあ、という思いを岑参の砂漠の旅に重ねた上手い「磧中作」詩の本歌取りです。

岑参の「磧中作」詩を本歌取りした詩は、船旅でも陸路の旅でも旅路のどのような困難な状況を砂漠の情景に見立てるか、「見立て」のセンスが見所です。また岑参が砂漠で発見したふと気がついたら二か月も経っていた、という時間感覚の本歌取りも「見立て」のセンスやひらめきが精髄となる楽しい系譜です。

七　盛唐・崔顥の「黄鶴楼」詩を本歌とする詩

――名勝の懐古から郷愁を呼び起こす構想の系譜――

「黄鶴楼」詩は、名勝黄鶴楼の懐古から郷愁を喚起するという斬新な構想で、一般の懐古詩と一線を画しました。李白がこれ以上の作品はできないと黄鶴楼の詩を作るのをやめたことでも有名です。「黄鶴楼」詩は次のような内容です。

盛唐・崔顥の「黄鶴楼」詩

昔人已乗黄鶴去　　昔人已に黄鶴に乗りて去り
此地空余黄鶴楼　　此の地　空しく余す黄鶴楼
黄鶴一去不復返　　黄鶴　一たび去って復た返らず
白雲千載空悠悠　　白雲　千載　空しく悠悠

晴川歴歴漢陽樹　　晴川　歴歴たり漢陽の樹
芳草萋萋鸚鵡州　　芳草　萋萋たり鸚鵡州
日暮郷関何処是　　日暮れて　郷関　何れの処か是れなる
煙波江上使人愁　　煙波　江上　人をして愁えしむ

昔の仙人は黄鶴に乗って去り、この地には黄鶴楼だけが残った。黄鶴は去ったまま二度と返らず、白雲が千年前と変わらず悠然と浮かんでいる。晴れた長江の対岸にはくっきりと漢陽の街の木々、(中洲は)花咲く草が生い茂る鸚鵡州。(景色を眺望し昔を偲ぶうちに)日が暮れて故郷はどこかと眺めれば、川面に夕靄がたちこめ私を望郷の愁いに沈ませる。

この詩の前半は、懐古詩に定石の人為のはかなさと変わらぬ自然の対比。黄鶴楼にまつわる仙人の伝説と人の世の変遷にかかわりなく浮かぶ白雲を詠い、リズム感よく「黄鶴」の語を繰り返しています。黄鶴楼は湖北省武漢市武昌県西南にある高楼で、長江に臨む名勝として有名です。後半は、往時を懐古しつつ望郷の愁いに沈む。最後の句「煙波江上　人をして愁えしむ」、高い所からの眺望は「使人愁」(人を悲しくさせる)、という発想は六朝梁の沈約の「臨高台」詩からヒントを得ています。「臨高台」詩は次のような内容です。

梁・沈約の「臨高台」詩

高台不可望　高台　望む可からず
遠望使人愁　遠く望めば人をして愁えしむ
連山無断絶　連山　断絶無く
河水復悠悠　河水　復た悠悠たり
所思竟何在　所思　竟に何くに在りや
洛陽南陌頭　洛陽　南陌の頭
可望不可見　望む可くして見る可からず
何用解人憂　何を用って人の憂いを解かん

高台に登り眺望してはいけない、遠望は人を愁いに沈ませる、連山はどこまでも連なり、黄河の流れも果てしない、所思（恋人）はどこにいるのか、洛陽の南の街道のあたりだが、遠く望めても恋人は見えず、その憂いは消しようもない。

「臨高台」詩は、高台に登って眺望しても所思（恋人）の姿は見えず、使人愁（人を愁いに沈ませる）と詠っています。崔顥は「使人愁」の理由を故郷が見えないから、と望郷の愁いにしたのです。「黄鶴楼」詩は「（仙人伝説の）名勝に登り懐古から郷愁を呼び起こす構想」が面白いと「使人愁」をキーワードに次のように本歌取りされています。

盛唐・李白の「登金陵鳳凰台」（金陵の鳳凰台に登る）詩

鳳凰台上鳳凰遊　　鳳凰台上　鳳凰遊ぶ
鳳去台空江自流　　鳳去り台空しく　江自から流る
呉宮花草埋幽径　　呉宮の花草は幽径を埋め
晋代衣冠成古丘　　晋代の衣冠は古丘と成る
三山半落青天外　　三山半ば落つ青天の外
二水中分白鷺洲　　二水中分す白鷺洲
総為浮雲能蔽日　　総て浮雲の能く日を蔽うが為に
長安不見使人愁　　長安は見えず　人をして愁えしむ

昔、鳳凰が遊んだという鳳凰台、凰は去り台だけ空しく残り長江は相変わらず流れている、今や呉の宮殿に咲いた草花が奥深い小道をうずめ、東晋の朝臣たちは古い丘の土と成った。三山はかすんで半分が青空の向こうに落ち、（秦淮河を）二つの流れに分ける白鷺洲。でもすべては浮き雲が太陽をおい隠しているために、長安が見えず私は愁いに沈む。

この詩は李白が四七歳、華やかな貴族文化が繰り広げられた六朝時代の古都・金陵（江蘇省南京市）の名勝鳳凰台を訪れての作。本歌と同じく鳳（凰）を三回繰り返してリズム感のよさを出しています。鳳凰は、吉祥をあらわす想像上の鳥。三・四句目は金陵の栄華の懐古、五・六句目は変わらぬ自然の美しさ、最後の二句で、名勝を懐古し景色を眺めているうちに、都長安への望郷の念が起こり愁いに沈む、と結ぶ。本歌取りの典型のような作品ですが、「使人愁」（愁いに沈む）の理由を都長安への望郷とした所が新しみで、ここには高力士などの讒言により朝廷を追われて放浪の身である無念さが感じられます。なお、唐代の詩人が都長安を故郷と詠うことはよくあります。

中唐・李益の「汴河曲」詩

汴水東流無限春　　汴水東流す　無限の春
隋家宮闕已成塵　　隋家の宮闕　已に塵と成る
行人莫上長堤望　　行人長堤に上って望むこと莫れ
風起楊花愁殺人　　風起り楊花　人を愁殺せん

汴水（隋の煬帝が開いた大運河の黄河と淮水を繋ぐ部分）は東に流れ続け春も限りなく巡り来るが、栄華を誇った隋朝の離宮はすでに塵となった。旅人よ（離宮のあった）長堤に登り眺望してはいけない、風が吹き楊花（柳絮）が舞う情景は旅人を愁いに沈ませるから。

この詩は当時流行した懐古詩のテーマ「隋堤の柳」を詠ったもの。前半は、変わらぬ自然と人為のはかなさ（隋朝の栄華のはかなさ）の対比。ポイントは三句目の「行人」（旅人）です。「行人」（旅人）

の愁いは郷愁が一般的ですから、隋堤に登り眺望してはいけない、と「行人」（旅人）に呼びかけることで、そこから見る楊花が舞う情景が望郷の思いを呼び起こすから、と無理なくつながります。楊花は楊柳の綿毛、柳絮。柳は別れを象徴する植物です。四句目の情景は、隋の煬帝が汴河の堤防に柳を植え、そのほとりに四十余りの豪勢な離宮を建て贅沢な遊びや船旅を楽しんだ、という故事と「行人」（旅人）の郷愁を掻き立てる柳を併せています。「黄鶴楼」詩の「懐古から郷愁を呼び起こす構想」の上手い本歌取りです。本歌取りと知らずに読むと、「行人」（旅人）を配した作者の機知が分からず、人を愁いに沈ませる（「愁殺人」）理由も、人為の栄華のはかなさに対する愁い、という平凡な解釈になります。「愁殺人」は「使人愁」と同じ意味、押韻の関係です。

中唐・張祜の「胡渭州」詩

亭亭孤月照行舟　　亭亭たる孤月　行舟を照らし
寂寂長江万里流　　寂寂たる長江　万里に流る
郷国不知何処是　　郷国　知らず何処か是なるを
雲山漫漫使人愁　　雲山漫漫　人をして愁えしむ

天空高くポツンとかかる月は行く舟を照らし、ものさびしい長江は万里も遠く流れていく。故郷はどこか分からない、雲や山がはてもなく広がり私を愁いに沈ませる。

これは、最後の二句から誰でも崔顥の「黄鶴楼」詩の本歌取りと分かるもので、「亭亭」「寂寂」「漫漫」と畳語を三回用いてリズム感もよい詩です。前半は、変わらぬ自然を描きつつ万里に流れる長江を古来どれほどの舟が往来したことか、と自然に往時を懐古する詠い方です。後半は、郷国（故郷）はどこかと眺めても、雲や山が広がり見えず悲しくなる、と望郷の思いで結んでいます。詩題の「胡渭州」は楽府題で、旅の愁いを主題にします。

晩唐・李遠の「黄陵廟」詩

黄陵廟前莎草春　　黄陵廟前　莎草の春
黄陵女児茜裙新　　黄陵の女児　茜裙新たなり
軽舟短棹唱歌去　　軽舟短棹　唱歌して去る
水遠山長愁殺人　　水遠く山長くして人を愁殺す

黄陵廟の前は莎草（はますげ）が生い茂る春景色、黄陵廟付近の娘たちのあかね色のスカートが鮮やかだ、軽やかな小舟を短い棹であやつり歌をうたいながら去っていき、水は遠くまで流れ、山は長く連なり私を愁いに沈ませる。

黄陵廟は、湘水が洞庭湖に注ぐ所に在る湘水の女神（娥皇と女英）を祀った廟。二人は古代の天子堯の娘でともに舜の妃になりましたが、舜が崩じたのを悲しみ湘水に身を投げ、女神になり月の綺麗な夜に瑟を鼓す、と伝えられます。この詩の前半は、黄陵廟の懐古と付近の春景色の描写。リズム感よく黄陵の語を繰り返した「黄鶴楼」詩の本歌取りです。後半は、「水遠山長」がポイントで、村娘が軽舟をあやつり歌いながら去った歌声の余韻のなか、川は遠くまで流れ山は長く連なり、そのままずっと遥か故郷まで続いているだろうと望郷の愁いに沈む。「水遠く山長く人を愁殺す」の句は、先に見た沈約の「臨高台」詩の「遠く望めば人をして愁えしむ、連山断絶無く、河水復た悠悠たり…」を意識します。「愁殺人」は「使人愁」と同じ意味、押韻の関係です。「（仙人伝説の名勝の）懐古から郷愁を呼び起す構想」を、明るい春の岸辺のロマンチックで感傷的な雰囲気で詠いました。「黄鶴楼」詩の本歌取りと知らずに読むと、黄陵の語がくりかえし用いられた意図も「愁殺人」の理由もよく分からず、変わらぬ自然と甘美な春愁、という平凡な解釈になります。

晩唐・李群玉の「桃源」詩

我到瞿真上昇処　　我は到る　瞿真の上昇する処
山川四望使人愁　　山川四望すれば人をして愁えしむ
紫雲白鶴去不返　　紫雲白鶴去って返らず
唯有桃源渓水流　　唯だ桃源の渓水の流るる有り

瞿真が仙人になって昇天したという地に来て、あたりの山川を眺望すると悲しくなった。白鶴も紫雲も去ったまま返らず、ただ桃源からの谷川の水が流れているばかり。

この詩の前半は、人為のはかなさと変わらぬ自然の対比。瞿真（伝記不明）の仙人伝説の地であたりの山川を眺めて悲しくなった、と仙人伝説の地で山水自然を眺め、往時を懐古して感傷にふけるという。後半は、「黄鶴楼」詩の仙人が乗っていた黄鶴を白鶴に、白雲を紫雲にしてそのどちらも去って返らずと新しみを出し、昔と変わらず流れる桃源の渓水に俗人の訪れることのできない別世界を偲ぶ。桃源は陶淵明の「桃花源」（俗世間と無縁の理想郷）を意識する語。郷愁は喚起されていないのですが、「黄鶴楼」詩の要素は詠いこんでいます。「黄鶴楼」詩の「（仙人伝説の）名勝の懐古から郷愁を喚起する構想」は、本歌取りするのが難しい所が詩人たちの創作の心を刺激したと思われ、中唐の権徳與は詠史詩で、次のように詠っています。

中唐・権徳與の「盤豆駅」

盤豆縁雲上古郵　　盤豆　雲に縁り　古郵に上れば
望思台下使人愁　　望思台下　人をして愁えしむ
江充得計太子死　　江充得計し太子死す
日暮戻園風雨秋　　日暮　戻園　風雨の秋

盤豆のまちで雲に沿って古い宿駅に登ると、帰来望思台のあたりは人を愁いに沈ませる。江充の計略が成功し太子は死んだ、秋の日暮れ、太子を慰霊する戻園は激しい吹きぶりの雨であった。

これは、盤豆駅に上り戻太子の「巫蠱の禍」の悲劇を懐古した詩。「巫蠱の禍」は、前漢・武帝の晩年に重用されていた江充（太子と不仲）が、武帝亡き後を案じ、太子が巫蠱（人を呪うまじない）を行っていると誣告し、追い詰められた太子は挙兵し江充を殺して自殺し、数万人が殺された事件。武帝は太子の冤罪を憐れみ戻と諡号し、思子宮を盤豆駅（河南省閿郷県の西南の宿場）近くの帰来望思之台に造り戻園としました。帰来望思之台の名は『楚辞』「招魂」の「魂兮帰来」（さまよえる魂よ帰り来たれ）を踏まえており、非業の死を遂げた戻太子の魂に、帰っておいでと呼びかける武帝の気持ちが込められています。権徳輿は盤豆駅の帰来望思之台に登り、戻太子の魂の望郷の思いを汲み取ったのです。「巫蠱の禍」の懐古から戻太子の魂の望郷の思いを呼び起こし、その郷愁いに同調した形の詩です。四句目は、権徳輿の心象風景でもあります。権徳輿は、政治家としても優れた詩人で憲宗の時には、宰相まで進みました。穏やかで風流な人柄と伝えられます。

八　中唐・元稹の「行宮」詩を本歌とする詩の系譜
――玄宗の栄華を懐古する詩――

一般的に懐古詩は、旧跡を訪ねて往時をしのび、人の営みのはかなさを古来変わらぬ山水自然の風物と対比して詠うもので、生身の人間は描かれません。ところが中唐のころ、古びた宮殿に玄宗を物語る白髪の宮女を登場させ往時の栄華をよみがえらせる、という新構想の詩が出現し一画期をなしました。元稹の「行宮」詩で、次のような内容です。

中唐・元稹の「行宮」詩

寥落古行宮　　寥落たり古行宮
宮花寂寞紅　　宮花　寂寞として紅なり
白頭宮女在　　白頭の宮女在り

閑坐説玄宗　閑坐して玄宗を説く

ひっそりと寂れた古い離宮、その宮殿の庭の花は紅色でさびしげに咲いている、白髪の宮女がただ一人いて、静かに坐って玄宗のいたころを物語る。

この詩は、玄宗の栄華をしのぶもの。前半は、栄華のはかなさを示す「古行宮」（古びた離宮）と変わらぬ自然を象徴する「宮花」の対比です。三句目の「白髪の宮女」がポイントで、玄宗の往時を今によみがえらせる役割を果たします。彼女が語る内容は何も示されませんが、そこにかえって玄宗の栄華を読者にさまざまに想像させ、偲ばせる余韻がうまれます。この詩が作られた背景には、華やかな玄宗の時代からおよそ半世紀がすぎて、盛唐という時代を懐かしみ、玄宗と楊貴妃の関係を王朝の悲恋物語とみる風潮がありました。

元稹の「行宮」詩は「玄宗ゆかりの廃殿に白髪の宮女を配する構想」が面白い、と次のように本歌取りされています。

中唐・盧綸の「過王貞公主影殿」（王貞公主の影殿を過ぎる）詩

夕照臨窓起暗塵　夕照窓に臨み　暗塵起こり
青松繞殿不知春　青松殿を繞り　春を知らず
君看白髪誦経者　君看よ　白髪の誦経する者を

半是宮中歌舞人　　半ば是れ宮中歌舞の人

（影殿は）夕日が窓に射し込むとほの暗い塵が浮かび、鬱蒼とした緑の松に囲まれていて春めくことはない、皆さん見てください、白髪頭で誦経する者を、彼女たちの半分ほどはもと宮中で華やかに歌や舞を披露していた宮女なのです。

この詩は、王貞公主（伝記不詳、公主は天子の娘の称号）の影殿（廟所の祭りをする所）に「誦経する大勢の白髪の宮女」を配しています。前半は影殿の情景描写。鬱蒼とした松に囲まれ、一年中寥々とうす暗い。後半は、その影殿で「白髪頭で誦経する者」のほとんどはもと宮中歌舞の人なのですと、彼女たちの素性が明かされ、場面がぱっと華やぎ玄宗の栄華が偲ばれる趣向です。玄宗のころの華やかな宮中の宴会や装いも艶やかに舞姫や歌姫が歌舞を披露する美しい情景が彷彿とします。なお、松は柏とともに古来、墓陵に植えられました。「古詩十九首」其十三に「遥に望む郭北墓、白楊何ぞ蕭蕭たる、松柏広路を夾む、下に陳死の人有り…」と有ります。「歌舞人」は魏の武帝（曹操）の栄華を偲んだ初唐・劉庭琦の「銅雀台」詩「即今西望猶お思うに堪えたり、況んや復た当時歌舞の人をや」を意識します。

中唐・王建の「旧宮人」詩

先帝旧宮宮女在　先帝の旧宮　宮女在り
乱糸猶挂鳳凰釵　乱糸猶お挂く鳳凰の釵
霓裳法曲渾抛却　霓裳　法曲　渾て抛却し
独自花間掃玉階　独自に花間　玉階を掃く

先代の天子玄宗の古い宮殿に宮女がいて、白髪頭になった今でも鳳凰の釵を挿している。(玄宗が好んだ)霓裳羽衣の曲や法曲などはすべて捨て去られてしまったが、彼女は独り花咲く木々の中、宮殿の階段(に散った花びら)を掃いている。

この詩は「鳳凰の釵を挿した乱糸(白髪)の宮女」を登場させています。鳳凰は、想像上の瑞鳥で、雄の鳳と雌の凰と一対の鳳凰で夫婦の情愛を象徴します。乱糸は、劉希夷の「代悲白頭翁」詩の「宛転たる娥眉能く幾時ぞ　須臾にして鶴髪乱れて糸の如し」による語で、この宮女が昔は美人だったことを暗示します。乱糸(白髪)に鳳凰の釵を挿して玄宗の御成りを心待ちしている風情の宮女、彼女は楊貴妃の出現で玄宗に寵愛される機会を奪われた哀れな宮女で、この詩は玄宗と楊貴妃の華やかな恋物語の影の部分を伝えているのです。四句目の玉階を掃く姿は、王昌齢の「長信怨」詩に「帚を平明に奉ずれば金殿開く」とある、趙飛燕に成帝の寵愛を奪われた班婕妤のイメージを重ねたもの。一句目「先帝旧宮宮女在」の「宮」字の続きは、本歌の「行宮」詩の「寥落古行宮、宮花寂寞紅」の

「宮」の字のしりとりを意識した句作りです。

中唐・韓愈の「和李司勛過連昌宮」（李司勛の連昌宮を過ぐに和す）詩

夾道疎槐出老根　道を夾む疎槐　老根を出し
高甍巨桷圧山原　高甍巨桷　山原を圧す
宮前遺老来相問　宮前の遺老　来りて相い問う
今是開元幾葉孫　今は是れ開元幾葉の孫かと

道の両側にまばらに残る槐樹は古びた根を露出し、（廃宮ではあるが連昌宮の）高い甍、巨大なたるきは平原を圧倒してそびえている。連昌宮の門前に遺老が来て私に問うた、今の天子は玄宗様から幾代目のご子孫ですか、と。

この詩は、廃殿となった連昌宮に「遺老」を登場させています。連昌宮は、高宗の時代に河南省宜陽県の西に建てられた宮殿で玄宗も楊貴妃と行幸しました。その時の華やかな様子は元稹の「連昌宮詞」に詠われています。前半は連昌宮の栄華を偲ばせる、豪勢な造りの情景描写。四句目の「遺老」の台詞から、彼は玄宗のころに連昌宮に配属され、そのまま連昌宮が見捨てられ荒廃するのとともに老いたと窺えます。開元は、玄宗の時の年号。時の流れから取り残された「遺老」の姿には、白髪の宮女とは別趣の栄華のはかなさの悲哀が漂います。以上の詩の要素を取り込んだ名作が約千年後の日本で作られています。

江戸時代・藤井竹外の「芳野懐古」詩

古陵松柏吼天飈　古陵の松柏　天飈に吼え

山寺尋春春寂寥　山寺　春を尋ぬれば　春寂寥

眉雪老僧時輟帚　眉雪の老僧　時に帚を輟めて

落花深処説南朝　落花深き処　南朝を説く

古い御陵を鬱蒼と囲む高い松や柏がつむじ風をうけてびゅうびゅうと鳴り、山寺に春を尋ねると（山寺の）春はひっそりともの寂しい。白い眉の老僧が時おり箒を持つ手をとめ、桜の花が花吹雪のように散り舞う中、過ぎし南朝の事を物語る。

この詩は後醍醐天皇の往時を偲んだもの。元稹の「行宮」詩の本歌取りですが、場所を「古陵」としたのは、盧綸の「過王貞公主影殿」詩、「落花を掃く姿」は王建の「旧宮人」詩、「老僧」は韓愈の「和李司勛過連昌宮」詩の「遺老」の影響が窺えます。老僧を「白髪」でなく「眉雪」とした所が新しみ。覇を唱えた後醍醐天皇と南朝の栄華、その悲哀を象徴するのが四句目の「落花深き処」です。南朝は、後醍醐天皇の吉野遷都から後亀山天皇の京都遷都までの五十七年間で吉野朝ともいいます。吉野は今でも桜の名所ですが、桜の花が天飈に吹かれて豪華絢爛に散り舞う情景は日本独自の美意識が反映したもので、本歌と同工ながら味わい深い作品です。一句目の古陵は、後醍醐天皇の延元陵。二句目の山寺は、奈良県吉野郡にある如意輪寺。この詩は「吉野三絶」の一首に数えられています。

晩唐・李洞の「繡嶺宮」詩

春草萋萋春水緑　　春草萋萋として春水緑に
野棠開尽飄香玉　　野棠開き尽して香玉を飄えす
繡嶺宮前鶴髪翁　　繡嶺宮前　鶴髪の翁
猶唱開元太平曲　　猶お唱う開元　太平の曲

春草が生い茂り春水は青く澄み、野棠の花が咲き香玉のようなよい香り。繡嶺宮の前で鶴髪（白髪）の翁が、今も玄宗の開元年間、天下太平だったころの曲を唱っている。

この詩は、「開元太平の曲を唱う鶴髪の翁」を登場させています。前半は、繡嶺宮の甘美な春の情景で、「野棠」の花がその荒廃ぶりを暗示します。「野棠」は六朝梁の沈約の「早発定山」詩に「野棠開いて未だ落ちず、山桜発きて然えんと欲す」とあり、山中の景物として描かれた、野生のリンゴ或は梨の花。繡嶺宮の御苑が荒れて自然の山林のようになっているのです。後半の鶴髪の翁は、劉希夷の「代悲白頭翁」詩に「伊れ昔紅顔の美少年、公子王孫芳樹の下、清歌妙舞す落花の前…須臾にして鶴髪乱れて糸の如し」と詠う白頭の翁のイメージです。廃宮となった繡嶺宮と哀愁漂う鶴髪の翁は、衰えた唐王朝の現状を象徴し、彼が歌う「開元太平の曲」により、玄宗の開元年間、唐朝が最も輝いていた天下太平の時代をよみがえらす趣向です。このころは朝廷の権威は堕ち、黄巣の乱が起こるなど動乱の時代でした。繍嶺宮は、陝西省陝県にある高宗の時の離宮で、玄宗も行幸しました。

元稹の「行宮」詩を本歌取りした詩には、荒廃した宮殿の庭に咲く「宮花」によって玄宗のころの栄華を懐古し偲ぶ、という作品も作られています。

中唐・司空曙の「唐昌公主院看花」（唐昌公主の院に花を看る）詩

遺殿空長閉　　遺殿　空しく長に閉ざされ
乗鸞自不回　　乗鸞　自ら回らず
至今荒草上　　今に至る荒草の上
寥落旧花開　　寥落として旧花開く

古い宮殿は空しくいつも閉じられ、鸞車に乗った高貴な身分のお方が帰ることはない、今や荒れ果てて草が生え放題に生えている宮殿の庭に、もの寂しげに昔の花が咲いている。

この詩は、唐昌公主（玄宗の娘）の宮殿の荒れた庭に咲く「旧花」に玄宗の栄華を偲ぶもの。前半は、古い宮殿が打ち捨てられている様子。「乗鸞」は、天子や皇族など高貴な身分の人の乗る車。往時の華やぎはなく、今や雑草が生い茂る庭で「寥落」として咲く「旧花」がかつて玄宗の栄華を寂しく伝えるばかり。この旧花は、『陜西通志』唐昌観に拠ると、唐昌公主お手植えの玉蕊花、と思われます。梅の花より小さく白玉色で特異な香りがし、唐人に愛好されたと伝えられます。仙女がここの玉蕊花を見に来たという伝説もあり、司空曙より少し後の王建は、次の詩を作っています。

中唐・王建の「唐昌観玉蕊花」（唐昌観の玉蕊花）詩

一樹籠鬆玉刻成　　一樹鬆を籠め　玉刻成す
飄廊点地色軽軽　　廊に飄り地に点じて色軽軽たり
女冠夜覓香来処　　女冠夜覓む　香の来る処
唯見階前砕月明　　唯だ見る階前　月明の砕くを

玉蕊花の樹は馬のたてがみのような枝に籠められ玉で刻んだような花が咲いている、花びらは回廊を風にただよい地面にぽつぽつ落ち色はうすく淡い、女道士が夜によい香のする所を探しても、階段の前で月明かりが砕かれたような情景を見るばかり。

この詩から唐昌公主の古い宮殿が唐昌観という道教の廟になっていたことが分かります。今なおよい香りを放つ玉蕊花から唐昌公主が偲ばれ、玄宗の栄華の余韻が伝わります。

中唐・王建の「綺岫宮」詩

玉楼傾側粉牆空　　玉楼傾側して　粉牆空し
重畳青山繞故宮　　重畳たる青山　故宮を繞る
武帝去来紅袖尽　　武帝去りて来《よ》り　紅袖尽き
野花黄蝶領春風　　野花黄蝶　春風を領す

立派な高楼はくずれ傾き白壁の塀が空しく立ち、幾重にも重なる緑の山が昔のままに古い宮殿をとりかこんでいる。武帝（玄宗）が去ってからは（楊貴妃たち）美しい宮女もいなくなり、（廃墟になった宮殿の庭では）野の花と黄色い蝶が春風を占領している。

綺岫宮は、漢の武帝が建て、唐代に再建された驪山にあった離宮。玄宗も楊貴妃としばしば行幸しました。この詩は荒廃した綺岫宮で、はかなく滅びた玄宗の栄華を偲んだもの。前半は、人為のはかなさと変わらぬ自然との対比。後半は、「野花」がポイントで、宮殿の庭が荒れ野原になったことを象徴します。「宮花」や「旧花」は宮殿にゆかりのある花で、玄宗の栄華とその時代を生きた女性、宮女たちの雅な余情を伝えますが、「野花」は雅とは無縁の野生の花です。四句目の春風の中、荒廃した御苑に野花が咲き蝶の舞う明るい春景色は、栄華のはかなさ、世の無常を哀しく伝える情景なのです。

晩唐・竇庠の「上陽宮」詩

愁雲漠漠草離離　　愁雲は漠漠たり　草は離離たり
太掖勾陳処処疑　　太掖か勾陳か　処処に疑う
薄暮毀垣春雨裏　　薄暮　毀垣　春雨の裏
残花猶発万年枝　　残花　猶お発く　万年の枝

上陽宮にさびしげな雲がひろがり春草が生い茂り、太掖池か勾陳宮かあちこちにそれらしき跡。日暮れどき崩れた垣根に春雨が降り、万年枝の樹に散りかけの花がまだ咲いていた。

この詩は、廃殿となった洛陽にある上陽宮の「万年枝の残花」を見て往時を追憶したもの。玄宗の時、楊貴妃が玄宗の寵愛を独占して美しい宮女はみな上陽宮に退けられました。この辺の事情は、白楽天の新楽府其七「上陽白髪の人　怨曠を愍むなり（連れ合いのいない哀しみを憐れむ）」に次のように詠われています。

「上陽の人　紅顔暗く老いて白髪新たなり、緑衣の監使宮門を守る、一たび上陽に閉ざされてより多少の春ぞ、玄宗の末歳初めて選ばれて入る、入りし時は十六　今は六十、同時に采択す百余人、零落して年深く此の身を残す、…未だ君王の面を見るを得るを容れざるに、已に楊妃に遥に側目せらる、妬みて潜かに上陽宮に配せしめ、一生遂に空房に宿る…」

上陽宮は玄宗の没後百年も経たずに荒廃しました。その荒れた庭では万年枝の残花が春雨に煙っている。万年枝の残花は、上陽宮で生涯を終えた哀れな宮女たちの無念さや玄宗への未練を伝えているようです。万年枝というおめでたい木の名前とはうらはらな人為の空しさ、哀しさが漂います。二句目の太掖勾陳は、漢の武帝の建章宮にあった太掖池と勾陳は建物の名。借りて上陽宮に用いました。

元稹の「行宮」詩は、玄宗の往時を今によみがえらせる白髪の宮女が斬新だと本歌取りされ、それにつれて廃殿に咲く「宮花」に玄宗の栄華を偲ぶ詩も出現し懐古詩の一系譜を成しています。安禄山の乱で崩れ去った盛唐という時代、それに重なる玄宗の栄華のはかなさは、中唐の詩人にはとても身近に感じられるドラマチックなテーマだったのです。

九　盛唐・李白の「清平調子」其三を本歌とする詩の系譜
――美しい楊貴妃が「闌干に倚る」構図の本歌取り――

中唐のころ、玄宗の栄華を懐古し楊貴妃との悲恋を詠うことが流行する一方で、楊貴妃の美しさにスポットをあてた盛唐の李白の「清平調子」其三を本歌取りした詩が作られました。「清平調子」詩は、都長安にある興慶宮の沈香亭で楊貴妃と牡丹の花を観賞していた玄宗が、翰林供奉として朝廷に出仕していた李白に詔をして、楊貴妃の美しさを詠わせたもので三首連作です。玄宗は梨園（宮中の音楽家養成所）の楽師に曲を演奏させ、自身も笛で伴奏し名歌手の李亀年にこの詩をうたわせた、と伝えられます。「清平調子」詩は全盛期の玄宗と楊貴妃に実際に接し、間近に自分の目で栄華を誇る楊貴妃を見た詩人の作品として大変に貴重で、広く流布しました。其三は次のような内容です。

盛唐の李白の「清平調子」詩其三

名花傾国両相歓　名花　傾国　両つながら相い歓ぶ
長得君王帯笑看　長に得たり君王の笑みを帯びて看るを
解釈春風無限恨　春風無限の恨みを解釈し
沈香亭北倚闌干　沈香亭北　闌干に倚る

美しい牡丹の花と絶世の美女（楊貴妃）はどちらも（玄宗の寵愛を）歓び、いつも君王（玄宗）からご笑覧いただく栄誉を得ている。春風がもたらす無限の悲しみから解き放たれて、（楊貴妃は牡丹の花咲く）沈香亭の北側の闌干に倚りかかっている。

この詩は、春の日に美しく咲く牡丹の花の中で、艶やかにほほ笑む楊貴妃が沈香亭の「闌干に倚る」姿を描いたもの。玄宗の寵愛を一身に受けて幸福の絶頂にいる楊貴妃の肖像画を見るようです。美人を描く詩は、古来、天子の寵愛を失い悲しみに沈む宮女の姿が一般的でした。そういった中でこの詩は極めて異例ですが、李白が直接に楊貴妃の美しさを見て描いた姿として人々に強く印象づけられました。楊貴妃は間もなく起こった安禄山の乱で、蜀へ逃げる途中、馬嵬で殺されます。中唐のころの玄宗と楊貴妃を懐古するブームの中で、楊貴妃が「闌干に倚る」構図を本歌取りした詩が作られています。

中唐・羊士諤の「郡中即事」詩

紅衣落尽暗香残　　紅衣落ち尽くして　暗香残なわれ
葉上秋光白露寒　　葉上の秋光　白露寒し
越女含情已無限　　越女　情を含むこと　已に限り無し
莫教長袖倚闌干　　長袖をして闌干に倚らしむ莫れ

紅い蓮の花が散り尽きてほのかな香りも消え、葉の上の白露に秋の光が寒々しい、越女（西施のような美人）が失恋の悲しみに限りないほど沈んでいる、長袖（楊貴妃のような美しい舞姫）を欄干に依りかからせてはいけない（これ以上、物思いにふけらせてはいけない）

この詩は、資州（四川省資市）刺史に左遷されていた羊士諤が、郡の役所の宴会に侍った舞姫の「闌干に倚る」姿を詠ったもの。前半は秋の寂しい蓮池の情景描写です。「紅衣（紅い蓮の花びら）落尽」は、蓮と恋の音通から舞姫の失恋も暗示します。後半は、西施のような美人の舞姫が愁いに沈み欄干に依りかかっている、まるで悲恋の楊貴妃が「闌干に倚る」ようだ、とても美しいという。「越女」は、越（浙江省）出身の美女・西施のイメージを借りたもの。「長袖」は、舞の袖。『旧唐書』楊貴妃伝に「資質豊艶、歌舞を善くし、音律に通ず」とあります。楊貴妃が「闌干に倚る」構図の本歌取りですが、失恋した悲しい舞姫を配しています。場面設定も本歌とは反対の秋の末枯れた蓮池で、用語の面からみても、本歌で楊貴妃は春風がもたらす「無限」の恨み（悲しみ）から解き放たれた、という「無限」の語を越女の失恋の悲しみは「無限」だと、逆の方向で用いる工夫をしています。楊貴妃が馬嵬で殺された悲劇の記憶がまだ新しいころですから、楊貴妃に悲恋の美女のイメージが加わったと推察されます。

中唐・元稹の「連昌宮詞」詩

連昌宮中満宮竹　　連昌宮中　宮竹満ち
歳久無人森似束　　歳久しく人無く森として束の似し
…中略
上皇正在望仙楼　　上皇正に望仙楼に在り
太真同憑欄干立　　太真同に欄干に憑りて立つ
楼上楼前尽珠翠　　楼上楼前　尽く珠翠
炫転熒煌照天地　　炫転た熒煌して天地を照らす

連昌宮の多くの竹は、長年世話をする人も無く伸び放題で束のようになっている。…玄宗が望仙楼にいます時、楊貴妃も一緒にそこの「欄干に倚り」、望仙楼のあたりはすべて真珠や翡翠で装飾され、きらきらした輝きは煌めきをまして天地を照らしていた。

この詩は、連昌宮の望仙楼が真珠や翡翠の光り輝く中に、楊貴妃が艶やかにほほ笑み玄宗と一緒に

「闌干に倚る」姿を描いています。恋する二人のツーショットにして、本歌の栄華に満ちた楊貴妃が「闌干に倚る」構図に更に幸福の絶頂感を加えました。「連昌宮詞」は玄宗と楊貴妃のラブロマンスを描いたもので、白楽天の「長恨歌」と双璧と称されます。連昌宮は、河南省宜陽県の西にある唐の高宗が建てた宮殿で、玄宗も楊貴妃と行幸しました。

晩唐・杜牧の「秋感」詩

金風万里思何尽　金風万里　思い何ぞ尽きん
玉樹一窓秋影寒　玉樹一窓　秋影寒し
独掩柴門明月下　独り柴門を掩ざす明月の下
涙流香袂倚闌干　涙は香袂に流れ　闌干に倚る

金風（秋風）が万里のかなたから吹き思いはますますつのる、玉樹（槐の樹）は葉を落し窓にはその寒々した影。独りで柴門を閉じ、明月のもと、涙を香袂に流し闌干に依る。

この詩は、全体に金風や玉樹、香袂（お香を焚きしめたたもと）、闌干など美しい語が用いられ宮中の雰囲気を漂わせています。三句目の「柴門」がポイントです。粗末な家で世を避けて侘しくひっそり暮らす人は誰かというと、「明月」にスポットライトのように照らされて、「闌干に倚り」香袂に涙を流す楊貴妃の姿が浮かび上がるのです。杜牧は史実を題材にした詩で、もしそうでなかったらという着想をよく用います。この詩もその一例で、楊貴妃がもしも馬嵬で殺されずひっそりと生きていたら、というアイディアです。本歌とは季節も場所も時間もすべて異なる設定ですが、「倚闌干」の構図から楊貴妃が連想されるので、面白い本歌取りの詩になりました。「倚闌干」の本歌取りと知らずに読むと、よく分からない詩です。

晩唐末・崔魯の「華清宮」詩

草遮回磴絶鳴鑾　草は回磴を遮って　鳴鑾を絶つ
雲樹深深碧殿寒　雲樹深深として　碧殿寒し
明月自来還自去　明月自ら来りて　還た自ら去る
更無人倚玉闌干　更に人の玉闌干に倚る無し

雑草がつづら折りの石の階段をふさぐように生い茂り（玄宗の御車の）鈴の音も絶えて、雲を帯びる木々の奥深くにある碧の宮殿（華清宮）はなんとも寒々しい。明月だけが昔と変わらずここに来てまた去っていくが、もう、白玉の闌干によりかかる人はいない。

華清宮は、長安の東、驪山にある離宮。玄宗が楊貴妃と温泉を楽しんだ避寒の宮殿として有名で、白楽天の「長恨歌」にも「春寒くして浴を賜う華清池、温泉水滑らかに凝脂を洗う」と詠われています。それが今や荒廃して「玉欄干に倚る」人もいない、と詠った所が新趣向です。しかし読者は明月にスポットライトのように照らし出された「玉製の欄干に倚る」艶やかな楊貴妃の姿が、沈香亭の「闌干に倚る」姿に重なって見えるのです。本歌取りの効果抜群の作品で、楊貴妃の栄華や玄宗の時代がより深くしのばれます。明月が「玉闌干」を照らす情景は杜牧の「秋感」詩を意識したもの。本歌取りと知らずに読むと、ただ荒廃した華清宮の寂寂した情景からの懐古詩になります。

晩唐・許渾の「秋晩雲陽駅西亭蓮池」（秋晩、雲陽駅の西亭の蓮池）詩

心憶蓮池秉燭遊　心に憶う蓮池に燭を秉りて遊ばんと
葉残花敗尚維舟　葉残り花敗れ　尚お舟を維ぐ
煙開翠扇清風暁　煙は翠扇を開く　清風の暁
水泛紅衣白露秋　水は紅衣を泛ぶ　白露の秋
神女暫来雲易散　神女暫く来るも　雲散じ易く
仙娥終去月難留　仙娥終に去り　月留り難し
空懐遠道無持贈　空しく懐う　遠道の贈を持する無きを
酔倚闌干尽日愁　酔うて闌干に倚り　尽日愁う

心の中では古人にならい蓮池で夜に灯を持って遊ぼうと思うが、葉が残り蓮花は散った（失恋した私）ので舟を繋いだまま。朝靄が晴れると緑色の扇のような蓮の葉に暁の清風が吹き、水面に浮かぶ

蓮の紅い花びらに秋の白露が降りている。巫山の神女が朝雲となって来ても朝雲は散りやすく、嫦娥が仙女になって住む月は夜毎に移動し留まり難い、遠い所にいる恋しい人への贈り物は持っていないと空しく思い、酒に酔い闌干に倚り一日中愁えている。

この詩は、失恋に苦しむ男性を詠った珍しい作品です。前半は、男の失恋を暗示する秋の蓮池の情景描写で、先に見た羊士諤の「郡中即事」詩を意識します。後半は、去って行った恋しい女性を巫山の神女や月宮に住む仙女・嫦娥のようだと比喩し、でも遠い所にいる恋人に贈る物も無く、酒に酔って「闌干に倚り」愁いに沈むまま、という。本来、失恋した男が酒におぼれる姿は無様で詩にならないのですが、楊貴妃が「闌干に倚る」構図にこの男を配したので、綺麗な芝居の一場面のような、艶やかな美男子が切ない恋心を秘めて「闌干に倚る」姿になりました。「清平調子」其三の本歌取りに新しい詩境が開発された詩です。なお、一句目の「秉燭遊」は、「昼は短くして夜の長きに苦しむ、何ぞ燭を秉りて遊ばざる」（「古詩十九首其十五」）を、七句目の「遠道」は、「之（蓮の花）を采りて誰にか遺らんと欲す、所思（恋人）は遠道に在り」（「古詩十九首其十五」）を踏まえます。五句目は、巫山の神女が楚の懐王の夢に現れ懐王と契り、去り際に自分は巫山にいて朝には雲夕方には雨となる、と告げた故事、六句目は、嫦娥が不老不死の仙薬を飲み、夫を残して昇天し仙女となって月の宮殿に住み続ける故事を踏まえます。

元稹や白楽天と親友の劉禹錫は、元稹が「連昌宮詞」詩で開発した楊貴妃と玄宗の恋する二人が「闌干に倚る」構図を借用して、白楽天との友情の深さ濃やかさ次のように詠っています。

中唐・劉禹錫の「同楽天登棲霊寺塔」（楽天と同に棲霊寺の塔に登る）詩

歩歩相携不覚難　歩歩相い携えて難を覚えず
九層雲外倚闌干　九層の雲外　闌干に倚る
忽然笑語半天上　忽然として半天の上に笑語すれば
無限遊人挙眼看　無限の遊人　眼を挙げて看る

一歩一歩白楽天と手を取り合って困難を感ずることもなく登り、雲の上かと思われる塔の九層にある闌干に（二人で）倚りかかる、あたりを気にせず天空の中ほどで語らい笑えば、多くの遊びに来ている人が（驚いたように）目を挙げて我らを見た。

これは和州（安徽省和県）刺史の劉禹錫と蘇州（江蘇省呉県）刺史の白楽天が、二人の任地の中ほどの楊州の棲霊寺（大明寺の別名）で逢った時の詩。二人とも地方に出されている不遇の身の上で、親友に再会した嬉しさがあふれています。二句目の「倚闌干」は、元稹の「連昌宮詞」詩の楊貴妃と玄宗が「闌干に倚る」構図を借用して、劉禹錫と白楽天が一緒に過ごす楽しい時間を、楊貴妃と玄宗が一緒にいた気分もさぞやと重ねているのです。四句目の「無限の遊人」は、多くの遊びに来ている人と訳しましたが、遊人の修飾語に「無限」は見慣れない表現です。この詩が「倚闌干」で「清平調子」其三を本歌取りしたものと分かれば、「無限」は本歌の「春風無限の恨みを解釈し」を意識した語と分かります。何の愁いもなさそうな遊人の意味と思われます。

李白の「清平調子」其三は、楊貴妃が栄耀栄華を極めたころの最も美しい姿を描いた「闌干に倚る」構図で本歌取りされ一系譜を成しました。後に馬嵬で殺される悲運に見舞われた楊貴妃に悲恋物語のヒロイン、悲恋の美女のイメージが加わり、その運命の落差の大きさが詩のテーマとして面白かったからです。さまざまな趣向で描かれた「闌干に倚る」人や「闌干」の情景に、楊貴妃の華やかな往時を重ねた詩の世界が見どころです。

十　雁に託す望郷表現の系譜

――初唐の詩人が開発した南の地で詠った雁の詩――

雁は昔から秋に北方から南に飛び、春に南から北に帰る候鳥（季節を知らせる鳥）として知られ、また匈奴に捕らえられた蘇武が雁の足に手紙を結び都に無事を伝えた故事（『漢書』蘇武伝）から、手紙を運ぶ鳥のイメージがあります。詩の世界では、まず漢の武帝が山西省に行幸して、后土（土地の神）を祀った時の「秋風辞」に「秋風起こりて白雲飛び、草木黄ばみ落ちて雁南に帰る」とあり、秋の到来を知らせる添景として描かれました。以後、秋を知らせる鳥として、秋に北から南に飛ぶ雁（「秋雁」）が北地の人によって多く描かれ、やがて南方への望郷の思いを託す鳥としても詠われるようになります。典型的な作品に、六朝末の庾信の次の詩があります。

北周・庾信の「重別周尚書」（重ねて周尚書に別る）詩

陽関万里道　　陽関　万里の道
不見一人帰　　一人の帰るを見ず
唯有河辺雁　　唯だ河辺の雁のみ有りて
秋来南向飛　　秋来　南に向かって飛ぶ

陽関から万里も遠い南方の都（建康、今の南京）への道には、一人も帰って行く人の姿は見えない、ただ黄河のほとりの雁が、秋に南に向かって飛んで行くだけ。

これは、南朝・陳（都は建康、今の南京）の使者として北朝・西魏（都は長安）に来た周弘正が南へ帰るのを見送った詩。庾信（五一三～五八一）は詩文の才高く、陳の前の王朝梁に仕え、梁の聘使（表敬訪問する使者）として西魏に派遣されましたが、その間に、西魏が梁を亡ぼし、庾信はそのまま抑留されていたのです。この詩の前半は、南朝に帰れない庾信の絶望感の心象風景。一句目の陽関は、甘粛省敦煌の西南の関所で、ここは長安の比喩。後半の、秋に南に飛ぶ雁は、南に帰る周弘正の比喩であり、庾信の望郷の思いを繋ぐものです。北地に留め置かれる庾信の哀切な思いが雁に託されて詠われています。庾信は結局、北朝の西魏から北周へと文学の臣として仕えて北地で没しますが、南朝への望郷の思いは募るばかりで後世、望郷詩人とも称されます。群を失い南に帰り遅れて秋の夜に鳴きながら飛ぶ一羽の雁に仮託した、次のような望郷詩も作っています。

北周・庾信の「秋夜望単飛雁」（秋夜に単飛の雁を望む）詩

失群寒雁声可憐　　失群の寒雁　声　憐む可し
夜半単飛在月辺　　夜半に単飛し　月辺に在り
無奈人心復有憶　　奈ともする無し　人心　復た憶い有るを
今暝将渠倶不眠　　今暝　渠と倶に眠らず

群を失った秋雁の声は憐れ、夜半に月のそばを一羽で飛んでいる、私の心にもあるあの雁と同じ思い、この思いをどうしたものか、今夜はあの雁と同様に眠れない。

ところが唐代になると、初唐の、則天武后朝が終焉を迎えるころ、朝廷に仕えた一流詩人が何人も南方（広東省やベトナムなど）に流される事態が起こり、彼らによって南の地で雁を詠う詩が作られ、雁に託して北方（都長安）への望郷の思いを詠う名作も多く作られ、以後の唐詩のお手本になりました。武后崩御より三十年くらい前の盧照鄰の詩からみてゆきます。

初唐・盧照鄰の「九月九日登玄武山」（九月九日玄武山に登る）詩

九月九日眺山川　　九月九日　山川を眺むれば
帰心帰望積風煙　　帰心帰望　風煙積む
他郷共酌金花酒　　他郷共に酌む　金花の酒

万里同悲鴻雁天　万里同に悲しむ　鴻雁の天

九月九日（重陽の節句）に玄武山（四川省成都の東北にある山）に登り、望郷の思いで山川を眺めるが、風にたなびく霞が積っている（北にある故郷は見えない）、よその土地で共に金花の酒（菊花酒）を酌み、万里も遠い北から来た雁が飛ぶ空をともに望み悲しむ。

これは、蜀の新都（四川省の成都）の尉に左遷された盧照鄰（六三七？〜六八〇）が、九月九日重陽の節句に作った詩。南の地で（秋）雁が飛ぶ空を見て、この雁は万里も遠い北方から飛来したのだと、北にある故郷（都長安）への懐かしさがこみあげ望郷の思いが募り悲しみに沈む、というもの。同じころ、蜀にいた王勃も次の詩を作っています。

初唐・王勃の「蜀中九日」詩

九月九日望郷台　九月九日　望郷台
他席他郷送客杯　他席他郷　客を送るの杯
人情已厭南中苦　人情已に厭う南中の苦
鴻雁那従北地来　鴻雁那ぞ北地従り来たる

九月九日（重陽の節句）に望郷台（成都の東北にある高台）に登り、よその土地のよその人の宴席で旅人を送る杯を酌む、人の心はもうすでに南方にいる苦しみにうんざりしているのに、雁はなぜわざわざ北の地からやってくるのだろう。

王勃（六五〇？～六七六）は早熟な天才で、二十歳前に科挙の試験（幽素科）に合格し、朝廷に仕えて文名高くもてはやされましたが、諸王の間で流行していた闘鶏を煽る文章を書いて高宗の怒りをかい、蜀（四川省）に流されました。これはそのころの九月九日の詩。前半は、その名も望郷の思いを募らせる「望郷台」に登り、送別会を兼ねた重陽の宴会に参加した。旅立つ人を見送りつつ自分も故郷（北にある都長安）へ帰りたくてしようがないのです。後半は、人は南の地にうんざりしているのに雁はなぜわざわざ北から南へ飛んでくるのだろう。南の地に飛来した（秋）雁に対して自分の思いとうらはらだな、という発想はとても斬新で王勃の機知が光ります。王勃も盧照鄰もいわゆる「初唐の四傑」と称される詩人ですから、彼らが南の地で詠じた「（秋）雁」が詩のモチーフとして継承されます。三十年くらい後に、則天武后の寵臣・張易之に逆らって嶺南（広東省）へ流された張説の次の詩です。

初唐・張説の「嶺南送使」（嶺南にて使を送る）詩

秋雁逢春返　　秋雁　春に逢い返る
流人何日帰　　流人　何れの日にか帰らん
将予去国涙　　予が国を去る涙を将って

灑子入郷衣　子が郷に入る衣に灑がん
饑狖啼相聚　饑狖　啼いて相い聚り
愁猿喘更飛　愁猿　喘いで更に飛ぶ
南中不可問　南中問うべからず
書此示京畿　此に書して京畿に示す

秋雁（秋に飛来した雁）は春に逢えば北に帰ります、流罪に処せられた私はいつ帰るのでしょうか。私が故国（都）を去る時の涙を、あなたが故郷（都）に入る衣にそそぎます（私の都に帰りたい思いを持ち帰ってください）。餓えた尾長猿が鳴いて仲間を集め、悲しげな猿は暑さに喘いで更に飛ぶ、南中（嶺南、南方にいる苦しみ）のことは質問できないでしょうから、ここに書いて都長安の皆様にお示しします。

これは秋九月に嶺南（広東省）に流された張説（六六七～七三〇）が、翌年の春に北方の都長安に帰る使者を見送った時（三八歳）の詩。一・二句目「秋雁春に逢い返り、流人何れの日にか帰らん」は、秋に南に来ても春には北へ帰る秋雁にひきかえ同じく秋に来たのに流罪の私は春になっても帰れない。雁の回帰性に着目して自分の境遇と対比した所が張説のアイディアです。雁の回帰性は魏の曹操が「却東西門行」で次のように詠っています。

魏・曹操の「却東西門行」

鴻雁出塞北　鴻雁　塞北に出で
乃在無人郷　乃ち無人の郷に在り
挙翅万余里　翅を挙げて万余里
行止自成行　行止　自ら行を成す
冬節食南稲　冬節　南稲を食し
春日復北翔　春日　復た北に翔る
田中有転蓬　田中に転蓬有り
随風遠飄揚　風に随い遠く飄揚す
長与故根絶　長えに故根と絶ち
万歳不相当　万歳　相い当わず
奈何此征夫　奈何ぞ此の征夫
安得去四方　安んぞ四方より去るを得ん

…後略

雁は塞北（万里の長城の北の果て）の出自で、そこは無人の郷、翼を挙げて一万里余りも列を成して飛行し、冬は南の地で稲を食べ、春には復た北へ飛び帰る。一方、田中の枯れ蓬は、風に吹かれて遠くまで転がり、永久に本の根と出会うことはない、この転蓬にも似た出征兵士はなんとしよう、四方を転戦したままだ（本の地に帰れない）。……後略

これは、雁の回帰性と「転蓬」に比した出征兵士と対比して、兵士が故国に帰れないことをいたむもの。曹操が「春日復た北に翔る」と詠う（春）雁を、張説は南の地でむなしく見送る立場で詠ったのです。私の望郷の涙を都長安に持ちかえってください、と使者への涙もしとどの訴えが奏功したのか、張説はこの詩の翌年の春（張易之兄弟が殺された後）、都に召喚されます。その時の「南中別陳七李十」（南中にて陳七と李十に別る）詩では、南中（嶺南）に残る二人を「春雁」に比して次のように慰めています。「何時似春雁　双入上林中」（いつか春に北に帰る春雁のように、陳七と李十の二人も並んで都長安の宮中にある上林苑に入るでしょう）。南中（嶺南）は、五嶺（江西省、湖南省、広東省、広西壮族自治区の境界にわたる山脈）の南の地、広東省、広西壮族自治区一帯をいいます。張説は科挙出身の文人宰相として活躍し、宮廷詩壇でも領袖的存在です。張説の詩のような「春雁」に北方の都長安に帰りたい思いを託す詠い方は、韋承慶の次の詩にも見られます。

初唐・韋承慶の「南中詠雁」（南中にて雁を詠ず）詩

万里人南去　　万里　人は南に去り
三春雁北飛　　三春　雁は北に飛ぶ

不知何歳月　　知らず　何歳月

須与爾同帰　　須べからく爾と同に帰るべし

万里も遠く人は南方に去り、三春に雁は北方に飛び帰る。どれくらいの歳月か分からないが、いずれ私は必ず（春）雁と共に北へ帰る。

これは韋承慶（生卒不明）が張易之に連座して嶺南（広東省）に流された時の詩。南の地で北に帰る春雁を見て、いつかきっと自分も春雁とともに帰れる、と「春雁」を北にある都長安に帰る望みのよすがとして詠っています。次の宋之問の詩の雁も同じです。

初唐・宋之問の「晩泊湘江」（晩に湘江に泊す）詩

五嶺悽惶客　　五嶺　悽惶の客

三湘憔悴顔　　三湘　憔悴の顔

況復秋雨霽　　況んや復た秋雨霽れ

表裏見衡山　　表裏の衡山を見るおや

路逐鵬南転　　路は鵬の南転を逐うも

心依雁北還　　心は雁の北還に依る

唯余望郷涙　　唯だ餘す望郷の涙

更染竹成斑　更に竹を染めて斑を成さん

五嶺のあたりで悲しみ恐れる旅人は、三湘のあたりでやつれ果てた顔つき。まして秋雨がやんで、くっきりと抜きんでる衡山が目に入っては（ますます悲しくなる）。旅路は南海を目指してはばたく鵬に従っているが、心は（春に）北へ移動する（春）雁に依っている。有り余る望郷の涙は、湘江のほとりのまだら模様の湘竹を更に染めて斑紋を成すほど。

これは宋之問が張易之に連座して瀧州（広東省）に流される途中、湘江に舟泊りした時のもの。季節は三句目の「秋雨霽れ」から秋です。五・六目の対句「路は鵬の南転を逐うも、心は雁の北遷に依る」は、私の旅路は南海を目指す鵬のようだが、我が心は北遷する（春）雁によせている、心をよせるのは北に帰る「春雁」だと詠っています。春雁のように北へ帰りたい思いとうらはらに鵬のように南に向う私の旅路。この対句の「南転」と「北遷」は、先に見た王勃の「蜀中九日」詩の、南に飛来した雁を見て、北へ帰りたい私の思いとうらはらだ、という発想の本歌取りです。実景ではない「鵬」と「（春）雁」に比して本心を詠った宋之問の巧さが光ります。「鵬」は、伝説上の最大の鳥。『荘子』逍遥遊に「北海の鯤が化して鵬となり南の海を目指してひととびに飛ぶ」とあります。詩題の「湘江」は、広西壮族自治区に源を発し、北に流れ瀟水と合流して洞庭湖に注ぐ川で、「三湘」は湘江とその支流の合称。ちなみに、この南から北に流れる「湘江」の流れに着目した作品に、杜審言の「渡湘江」詩があります。

初唐・杜審言の「渡湘江」（湘江を渡る）詩

　遅日園林悲昔遊　　遅日園林　昔遊を悲しむ
　今春花鳥作辺愁　　今春花鳥　辺愁を作す
　独憐京国人南竄　　独り憐れむ　京国の人南竄せられ
　不似湘江水北流　　湘江の水の北流するに似ざることを

春の日に（都長安にある朝廷の）園林で遊んだ昔を悲しく思い出し、今春（南の湘江のあたりで見る）花や鳥に辺境の地にいる愁いを引き起こされる。都育ちの私が南に流され、湘江の水が北へ流れていくようには北へ帰れないことを、独り憐れんでいる。

これは杜審言（六四五?〜七〇八）が張易之に連座して峯州（ベトナム）へ流される途中、湘江を渡った時の作。南から北へと流れゆく湘江の流れは、北から南に流されてゆく自分の境遇とは、なんともうらはらなことだ、と王勃の発想を上手く本歌取りしています。中国の川は一般に黄河も長江も西から東に流れます。南に流された初唐の詩人が開発した「春雁」と一緒に北へ帰りたい、という発想は盛唐の詩人にも受け継がれています。例えば杜甫の次の詩です。

盛唐・杜甫の「帰雁」詩

東来千里客　東来　千里の客
乱定幾年帰　乱定りて幾年にか帰らん
腸断江城雁　腸は断つ　江城の雁
高高正北飛　高高　正に北に飛ぶ

東から千里も遠くに（成都に）来た旅人の私、兵乱が治まって何年たったら帰れるのだろう。江城（錦江のほとりの成都の町）に来ていた雁が、今や高々と北へと飛び去るのを見て、はらわたもちぎれんばかりに悲しい。

これは杜甫五三歳（七六五年）、成都（四川省）での作。杜甫の故郷は洛陽に近い鞏県（河南省）で江城（成都）から見て東北に当たるので「東来、千里の客」と表現しました。安禄山の乱（七五五年）から続く史思明の乱は七六三年に平定されたもののチベット族の反乱などが続き、杜甫はいつまでたっても帰れない。そんな折に北へ帰る「春雁」を見て、自分も「春雁」と一緒に都長安のある北方に帰りたい、でも帰れず悲しみがいっぱいだ、というもの。「腸断」は、はらわたがちぎれる。非常に悲しむことの形容。杜甫の友人の賈至も「春雁」を見て北方にある都長安へ帰れない悲しみを詠っています。次の詩です。

盛唐・賈至の「西亭春望」詩

日長風暖柳青青　日長く風暖かにして　柳青青たり
北雁帰飛入窅冥　北雁帰り飛んで　窅冥に入る
岳陽城上聞吹笛　岳陽城上　吹笛を聞けば
能使春心満洞庭　能く春心をして洞庭に満たしむ

春の日は長く風は暖かく柳は青青と芽吹き、北（都長安の方）へ帰る雁ははるか大空の彼方へと飛び去った、岳陽の城壁のあたりで吹く笛の音を聞けば、（その調べが）洞庭湖に満ちわたるように私の春心を満ち溢れさす。

これは賈至が岳州（湖南省岳陽市）司馬に左遷されていた時（七五八年ころ）の作。賈至は安禄山の乱のとき玄宗に従って蜀に避難し、粛宗に帝位をゆずる詔勅を起草したことで知られます。玄宗とともに都長安にもどり中書舎人を務めていましたが、岳州に流されました。都長安に帰りたい思いは、他の詩でも詠っています。この詩はそんな春の日に、北へ帰る「春雁」を見ての望郷の思い、一緒に帰りたいが帰れない悲しい心情を洞庭湖いっぱいに広がる笛の音のようだ、と詠ったもの。四句目の「春心」は、春の風物を見て感傷を起こすこと。この詩では柳と「春雁」で、柳は都長安に別れた悲しみを想起させます。中唐になると「秋雁」がリバイバルします。例えば、劉長卿の次の詩です。

中唐・劉長卿の「感懐」詩

秋風落葉正堪悲　秋風落葉　正に悲しむに堪えたり
黄菊残花欲待誰　黄菊の残花　誰を待たんと欲す
水近偏逢寒気早　水近く偏えに逢う　寒気の早きに
山深長見日光遅　山深く長に見る　日光の遅きを
愁中卜命看周易　愁中命を朴し　周易を看る
夢裏招魂誦楚詞　夢裏魂を招き　楚詞を誦す
自笑不如湘浦雁　自ら笑う　湘浦の雁に如かざるを
飛来却是北帰時　飛来却って是れ　北に帰る時

秋風に散る落葉はとても悲しく、黄菊の残花は誰を待っているのか、水辺なので寒さに逢うのが早く、山が深いので日の射すのが遅い。愁いの中で運命を占おうと周易を看て、夢の中で（屈原の）魂を招こうと楚辞を朗誦し、自らを嘲笑する、私は湘江のほとりの雁より劣ると、雁は（秋に南に）飛来してもそれが（春）北に帰る時になっているのだから。

この詩は、先に見た曹操や張説の詩の、雁の回帰性に比して故郷（都）に帰れない悲しみを詠う発想を受け継ぐものですが、「自ら笑う　湘浦の雁に如かざるを」と北方にある都長安に帰れない絶望感がより深まっています。劉長卿は七三三年に科挙の進士科に合格して順調な官途でしたが、無実の罪で投獄され、潘州南巴（広東省）の尉に流され、地方官を歴任したまま終わりました。南の地で飛来した「秋雁」を見て、暗転した人生、北へ帰る望みの無さを思い、春には必ず北へ帰る雁よりだめな私だと、笑ってみせた所が新しみです。この笑いは悲しみを秘めた自嘲の笑いです。詩の制作時期は不明で、張渭の作ともされます。

中唐・韋応物の「聞雁」詩

故園眇何処　故園　眇として何処ぞ
帰思方悠哉　帰思　方に悠なる哉
淮南秋雨夜　淮南　秋雨の夜
高斎聞雁来　高斎　雁の来たるを聞く

故郷は遥か遠くにあり、帰郷したい思いは果てしない、そんな思いでいる淮南の秋雨の降る夜に、高斎で雁の飛来した音を聞いた。

これは韋応物が滁州（安徽省、南京の西北）刺史の時の作。前半は募る望郷の思い。後半は、先に見た初唐・盧照鄰の「晴れた秋の空に飛来した雁を見て」故郷恋しや、と悲しむ発想を受け継ぐものですが、韋応物は「秋雨の降る夜に雁の音を聞いて」と、舞台装置を逆転させ新しみを出しています。

もの寂しい感じが強調され、より切実な望郷の思いが伝わります。三句目の淮南は、滁州を含む淮水以南の長江以北の地をさします。

初唐の詩人が開発した南の地で雁の渡りに北への望郷の思いを託す詠い方は、以上のように盛唐より以後の唐詩に詠い継がれました。初唐の詩人はまた「手紙を運ぶ雁」のイメージも、望郷の思いを繋ぐ雁に発展させています。例えば沈佺期の次の詩です。

初唐・沈佺期の「遥同杜員外審言過嶺」（遥かに杜員外審言の嶺を過ぎるに同ず）詩

天長地闊嶺頭分　天長く地闊く　嶺頭に分れ
去国離家見白雲　国を去り家を離れ　白雲を見る
洛浦風光何所似　洛浦の風光　何の所か似たる
崇山瘴癘不堪聞　崇山の瘴癘　聞くに堪えず
南浮漲海人何処　南に漲海に浮かぶ人は何処
北望衡陽雁幾群　北に衡陽を望めば雁は幾群
両地江山万余里　両地の江山　万余里
何時重謁聖明君　何れの時か重謁せん聖明の君に

天は長く地は広く五嶺のあたりで分断され、故国を去り家を離れて旅する私は白雲を見るが、洛水のほとりの景色とどこも似ておらず、崇山（高い山、五嶺）の毒気は堪えられない。南の漲海（トンキン湾）に浮かぶ人（杜審言）はどのあたりにおられるか、北方の衡陽（衡山の南がわ）に幾群もの雁を見るばかり、両地（ベトナムと都長安）の山河の間は一万余里も隔たっている、いつになったら聖明の天子様にまた拝謁できるのだろうか。

これは沈佺期（六五六〜七一四）が張易之に連座して驩州（ベトナム・ハノイより南）へ流される途中で、峯州（ベトナム）に流される杜審言が嶺（五嶺）を通過した時に書いた詩（現存しない）を見て、それに同じた詩、つまり同じ詩型で或は同じ詩材を詠った詩。二句目の「白雲」は、秋をいう。前漢・武帝の「秋風辞」に「秋風起こりて白雲飛び　草木黄ばみ落ちて雁南に帰る」を意識したもの。六句目「北に衡陽を望めば雁は幾群」は、北の方を見れば衡陽（衡山の南）には秋雁が幾群も飛んでいる。衡山は五岳の一つで、湖南省衡陽県の北にある山。衡山には雁もこれより南へは来ないという回雁峰があります。その衡山の回雁峰に飛ぶ雁を北方に見る、としたひらめき、視点は新しくインパクトの強いものです。配流先の驩州が手紙を運ぶ（秋）雁すら飛来しない（手紙も届かない）南の果てだという悲痛な叫び、朝廷や友人から隔絶された所に流された沈佺期の絶望的な思いが伝わります。「衡陽の雁を北に見る」視点の新しさは、従来の詩と比較するとよく分かります。例えば隋から初唐の宮廷詩人として活躍した虞世南（五五八〜六三八）の「秋雁」詩です。

初唐・虞世南の「秋雁」詩

日暮霜風急　　日暮　霜風急に
羽翮転難任　　羽翮　転た任え難し
為有伝書意　　伝書の意　有るが為に
聯翩入上林　　聯翩　上林に入る

日暮れ時、霜の気を帯びた寒い風が激しく吹き、雁の羽はいよいよその任務に耐え難い、でも手紙を伝える気持ちがあるので、雁は連なり飛んで都長安の宮殿にある上林苑に入る。

これは虞世南が晩秋のある日、都長安の宮殿にある上林苑に北から飛来した雁を詠ったもの。秋雁は北から南へ手紙を運ぶ鳥のイメージです。同じような発想は先に見た張説の次の詩にも見られます。

初唐・張説の「代書寄吉十一」（書に代えて吉十一に寄す）詩

一雁雪上飛　　一雁　雪上飛び
値我衡陽道　　我に値う　衡陽の道
口銜離別字　　口に離別の字を銜み
遠寄当帰草　　遠く当帰の草を寄す

…後略

一羽の雁が北方の雪の積るあたりから飛来して、南方の衡陽の道を行く私に出逢った、雁は吉十一からの離別が悲しいという手紙を銜え、遠くから当帰草（薬草の名。当に帰すべし、の隠喩。きっと帰るであろう）を届けてくれた。…後略。

これは嶺南（広東省）へ流される途中の張説が、吉十一（伝記不詳）が都長安から送った手紙を衡陽で得て、その返書の代わりに送った詩。衡陽は、雁が飛来するつまり手紙を受け取れる南限という認識です。沈佺期の「北に望む衡陽の雁幾群」の雁は、雁の南限よりもっと南方（手紙も届かない地）から見た雁ですから、これまで誰も見たことがない視点からの雁であり、その新しさが分ります。この句は、南方に左遷された人を「衡陽の雁」を北から見るほど南に流されるのではない、と慰める詩で次のように本歌取りされます。

盛唐・王昌齢の「寄穆侍御出幽州」（穆侍御の幽州を出ずるに寄す）詩

一従恩譴度瀟湘　　一たび恩譴に従い瀟湘を度る
塞北江南万里長　　塞北江南　万里に長し
莫道薊門書信少　　道う莫れ薊門　書信少しと
雁飛猶得到衡陽　　雁飛び猶お衡陽に到るを得る

穆侍御は左遷の命令をかしこみ瀟湘を渡っていく、塞北から江南まで万里も遠い旅路だ、薊門（幽

州）では書信が少なかったと言わないでくれ、雁は衡陽までは飛ぶのだから

これは左遷された穆侍御（伝記不詳）が幽州（河北省北京付近）を出立するのに寄せた詩。雁も衡陽までは飛ぶのだから手紙は届く、だからあまり歎かないで、と穆侍御を慰めています。穆侍御が渡る瀟湘は、瀟江と湘江が合流して洞庭湖にそそぐあたりで、衡山より北にあり雁の越冬地としても有名な所です。

盛唐・高適の「送李少府貶峡中王少府貶長沙」（李少府の峡中に貶せられ王少府の長沙に貶せらるを送る）詩

嗟君此別意如何　嗟　君　此の別れ　意如何ぞ
駐馬銜杯問謫居　馬を駐め杯を銜み　謫居を問う
巫峡啼猿数行涙　巫峡の啼猿　数行の涙
衡陽帰雁幾封書　衡陽の帰雁　幾封の書
青楓江上秋天遠　青楓江上　秋天遠く
白帝城辺古木疎　白帝城辺　古木疎らなり
聖代即今多雨露　聖代即今　雨露多し
暫時分手莫躊躇　暫時手を分つ　躊躇する莫れ

ああ、君たちは別れに際してどのような思いであろうか、馬を止め別れの杯を交わしつつ左遷先の

様子を私に尋ねた。李君の配所・峡中（長江の三峡付近）は巫峡の猿の悲しい声のする所だから数行の（望郷の）涙が落ちるであろう、王君の配所・長沙は秋に衡陽まで飛来する雁が幾封かの（故郷からの）手紙を届けるだろう、長沙を流れる青楓江のほとりは秋の空が遠く、峡中の白帝城のあたりは古木がまばら（寂しい所だ）。しかし今は聖天子の御代だから恵みの雨（天子の恩恵）も多い、しばしの別れだ、ためらわずに行きなさい。

これは高適（七〇二？～七六五）が、李少府（伝記不詳）と王少府（伝記不詳）が各々峡中と長沙に左遷されるのを見送った時の作。三・四句目の「巫峡の啼猿数行の涙、衡陽の帰雁幾封の書」対句は、二人のそれぞれの左遷先の様子を詠じて、望郷の思いに駆られるだろう、というもの。「衡陽の帰雁幾封の書」は南方の長沙（湖南省、衡山より北）に流される王少府に、雁の南限よりは北地だから手紙も届く、という慰めの意を含みます。高適のこの対句は、南方に左遷された人の望郷の思いを表現する対句として、以下のように本歌取りされます。

盛唐・岑参の「巴南舟中夜書事」（巴南の舟中にて夜に事を書く）詩

渡口欲黄昏　　渡口　黄昏ならんと欲し
帰人争渡喧　　帰人　渡を争いて喧なり
近鐘清野寺　　近鐘　野寺に清く

遠火点江村　遠火　江村に点る
見雁思郷信　雁を見ては郷信を思い
聞猿積涙痕　猿を聞きては涙痕を積む
孤舟万里夜　孤舟　万里の夜
秋月不堪論　秋月　論ずるに堪えず

黄昏にちかい渡し場は、家路を急ぐ人の渡しの争い騒がしい、近くの野寺の鐘は清く響き、遠く川辺の村には火がともる、雁を見ては故郷からの便りを思い、猿の声を聞いては望郷の涙の痕をかさねる、ぽつんと一艙の小舟で都長安から万里も遠くを旅する夜、秋月を見て（故郷・都長安の人々を思うも）望郷の思いは語るに耐えきれない。

これは岑参（七一五～七七〇）が晩年に（七六八年）、嘉州（四川省楽山）刺史を辞任し、都長安への帰ろうと長江を下った舟の中での作。五・六句目の雁と猿の対句は、高適の対句を本歌取りして望郷の思いを詠うもの。岑参が見る雁は、北から南の衡陽まで幾封かの郷信（故郷からの手紙）を運ぶ雁であり、長江で（峡中で）涙痕を積むのは、猿の悲しい声を聞きより望郷の思いが増したからです。詩題の巴南は蜀（四川省）の南、岷江と金沙江が合流して長江に注ぐあたり。岑参はこの舟旅の途中で群盗に路を阻まれて成都に戻り、望郷の思い空しくそこで没しました。

中唐・李端の「岳州逢司空曙」（岳州にて司空曙に逢う）詩

共有髫年故　共に髫年の故有り
相逢万里余　相い逢う　万里余
新春両行涙　新春　両行の涙
故国一封書　故国　一封の書
夏口帆初落　夏口に帆は初めて落ち
涔陽雁正疎　涔陽に雁は正に疎なり
唯応執杯酒　唯だ応に杯酒を執り
暫食漢江魚　暫らく漢江の魚を食すべし

髫年（垂れ髪、子供のころ）から付き合いのある二人が、万里も遠い地で再会した。（懐かしさがこみあげ）新春に二すじの涙、故国からの一通の手紙、夏口（湖北省武昌）に帆を初めておろしたが、涔陽（湖北省江陵近く）に雁は今や（春だから北へ帰り）まばらである、ただ杯酒をとり、しばし漢江の魚でも食べよう。

これは李端（七三二〜七九二）が岳州（湖南省岳陽）で司空曙（七四〇?〜七九〇?）に逢った時の詩。三・四句目の対句「両行の涙」と「一封の書」が、高適の対句「数行の涙」と「幾封書」の本歌取り。

故郷から遠い地で出会った幼馴染ですから、懐郷の思いを共有しています。二人の旅の事情がはっきりしないのですが、どちらも不遇のようです。

中唐・劉禹錫の「再授連州至衡陽酬柳柳州贈別」（再び連州を授かり衡陽に至りて柳柳州の贈別に酬ゆ）詩

去国十年同赴召　国を去りて十年　同に召に赴き
渡湘千里又分岐　湘を渡りて千里　又た岐を分つ
重臨事異黄丞相　重臨　事は異なる　黄丞相と
三黜名慚柳士師　三黜　名は慚ず　柳士師に
帰目併随回雁尽　帰目併び随う　回雁の尽るに
愁腸正遇断猿時　愁腸正に遇う　断猿の時
桂江東過連山下　桂江東に過ぐ連山の下
相望長吟有所思　相望み「有所思」を長吟す

我ら二人は都から追われて十年、天子様のお召しで上京した、（ところがまた二人とも都を追われ）、千里の長旅をして湘江を渡りここでまたお別れだ。私が同じ任地に二度赴任するのは黄丞相（二度潁川太守となった黄覇）と同じだが事情は異なるし、三黜（三度、何度も退けられる）は同じだが貫いた名分は柳士師（三黜された柳下恵、ここは柳宗元に比す）に恥ずかしい、北へ帰りたい思いを込めて北帰の雁が尽きるまで見る、この愁い悲しい気持は、まさに悲しい（断腸の）猿の啼く声に遭遇した時のようだ、桂江（柳宗元の任地を流れる川）は東の方（私の任地の）連州の山の下まで流れてくる、それを見て君を思い「有所思」を長く吟ずるであろう。

これは八一五年、都長安を再追放された劉禹錫と柳宗元が一緒に衡陽まで来て別れる時の詩。ここから劉禹錫は任地の連州（広東省連県）へ、柳宗元は柳州（広西省壮族自治区柳江）に向かうのです。五・六句目の雁と猿の対句は、高適の「巫峡の啼猿数行の涙、衡陽の帰雁幾封の書」を本歌取りして、左遷された二人の悲しみと都長安への望郷の思いを詠うものですが、同時に本歌の「聖代即今　雨露多し、暫時手を分つ　躊躇する莫れ」も、お互いのいくばくかの慰め、心の支えとして下敷きにあります。

手紙を運ぶ雁は初唐・沈佺期の「北に衡陽を望めば雁は幾群」の句から「衡陽の雁」という詩語で望郷の思いを繋ぎ、慰める詩で詠われましたが、雁が手紙を運ぶなどというのは「浪語」（でたらめだ）、という悲痛なつぶやきも発せられています。杜甫が晩年（五九歳）、潭州（湖南省長沙市）で春に北へ帰る雁を空しく見送った時の「帰雁」詩其一です。「万里衡陽雁、今年又北帰…繫書元浪語、愁寂故山薇」（秋に万里も遠く衡陽に飛来した雁が（私に手紙を届けることもなく）、今年も又北方へ（都長安の方へ）帰って行く…繫書（蘇武が雁に手紙を繫いだ故事）は元来空想話なのだ、故郷の薇を悲しく寂しく思うばかり)。この年の冬に杜甫は失意のまま亡くなります。

初唐から盛唐、中唐ころまで、以上のように南の地で雁に託して北への望郷の思いを詠う詩が作られてきました。ところが中唐の銭起が、南の瀟湘の地でこれまでの詩とは全く趣を異にする、とても美しい「帰雁」詩を作りました。次の詩です。

中唐・銭起の「帰雁」詩

瀟湘何事等閑回　瀟湘より何事ぞ　等閑にして回る
水碧沙明両岸苔　水碧に沙明らかに　両岸には苔
二十五絃弾夜月　二十五絃　夜月に弾ずれば
不勝清怨却飛来　清怨に勝えずして却飛し来たる

雁よ、なぜこの風光明媚な瀟湘を等閑にして（なおざりにして）北へ帰って行くのだ、ここは水がみどりに澄み砂浜は明るく輝き、両岸には（雁の好物の）苔があるのに、月夜に二十五絃の瑟を奏でる音がして、その清怨さにたえかねて飛び帰るのです。

この詩は北帰の雁の旅立ちを惜しむもの。前半は、雁への問いかけ。こんな美しい瀟湘を見捨てて何故に北へ帰るのか、と。瀟湘は、瀟江と湘江が合流して洞庭湖に注ぐあたり（湖南省）で、「瀟湘八景」は美しい景色の代名詞にもなっています。後半は雁の答え。月夜の瑟の音の清怨さにたえかねて帰るのです。清怨は、清らかで悲しみを帯びた美しい調べ。月夜に瑟を奏でるのは、湘江の女神です。古代の舜帝の妻となった娥皇と女英は、舜帝が旅先で亡くなると悲しみのあまり湘江に身投げし、女神になって月のきれいな夜に瑟を奏でる、と伝えられます。雁はその瑟の音色の清怨にたえかねて北へ「却飛し来る」、という。この「来」は助字、却飛という動作を起すことを表します。この詩の春雁の北帰を惜しみ、雁へ問いかける発想はこれまでに見ない奇抜なものですが、最初に見た王勃の、こんな厭な南の地に秋雁はなぜわざわざ飛来するのか、という発想（「蜀中九日」詩）を巧みに逆転させています。ロマンチックな湘江の女神の伝説も織り込んで、南の地で「春雁」を詠う詩に新境地を開きました。銭起（七二二〜七八〇?）は大暦の十才士の一人に数えられる中唐の詩人で、天宝十載（七五一年）に科挙の進士科に合格。銭起の「帰雁」詩は、晩唐の杜牧に次のように本歌取りされています。

晩唐・杜牧の「早雁」詩

金河秋半虜弦開　　金河　秋半ばにして　虜弦開き
雲外驚飛四散哀　　雲外に驚飛して　四散哀しむ
仙掌月明孤影過　　仙掌　月明らかにして　孤影過ぎ
長門灯暗数声来　　長門　灯暗くして　数声来たる

須知胡騎紛紛在　須らく知るべし胡騎の紛紛として在るを
豈逐春風一一廻　豈に春風を逐って一一廻らんや
莫厭瀟湘少人処　厭う莫れ　瀟湘　人少なる処と
水多菰米岸莓苔　水に菰米多く　岸には莓苔

秋半ばになると北地の金河あたりでは異民族が矢を放ち、雁は驚き雲の上まで飛び悲しくも四散し、月明の夜、（都長安の宮殿の庭の）仙人掌の銅像のあたりに一羽の雁が渡り、灯の消えた長門宮に雁の音が数声響く、雁は胡騎が入り乱れて北辺を襲うと知っているはず、どうして春風を追って一羽一羽と帰れよう、だから雁よ、瀟湘に人が少ないと嫌がらないで（ここにいなさい）、水面には菰米が多く岸辺には莓苔が生えているのだから。

この「早雁」詩の雁は、北の地で虜弦（異民族の矢）に襲われ追われて南へ飛び、都の宮殿にその襲来を知らせて渡って来た、というこれまでにないイメージです。後半は、その雁に、春になっても北へ帰らず瀟湘に留まりなさい、と勧めるもの。銭起の「帰雁」詩にみる雁の北帰を惜しむ発想の本歌取りですが、銭起が美しい所だからとした瀟湘を、杜牧は人の気配のない寂しい所、つまりと雁を襲う胡騎（異民族の兵）がいない所だからといい、さらに菰米（マコモの実）と莓苔（苔）もある、という。菰米は雁の食べ物として「雁膳」の別名もあり、苔は雁の好物です。瀟湘を推奨する理由が雁にとって安全で、食料を確保できるから、とする杜牧の詩は少し無粋な感じがします。『杜牧集繫年校注』(二〇〇八年　中華書局出版)は、「この雁は、暗に回紇(ウイグル人)の侵入により流民となった北辺の民を比喩したもの」と注し、繆鉞の「杜牧年譜」の「会昌二年(八四二)、八月…杜牧は雁を借りて慷慨を寄せた」を引用しています。時事に対する風刺詩、のようです。金河は、内蒙古自治区を流れる今の黒河。

唐詩では、以上のように南の地で北地(都長安)への望郷の思いを詠うモチーフとして秋雁や春雁、「衡陽の雁」が展開され、また北へ帰りたいという思いとうらはらな南へ向かう雁という南北の方向の対比の面白さも加味され、雁の詩の系譜になりました。

なお、唐詩の中で、北地の雁はほとんど詠われていません。唐代には、一流の詩人が何人も使者として或は節度使の幕僚として北方の辺境、辺塞に赴いており、彼らが実際に見聞し発見した辺境の風物、ありさまから見ると北地の雁は詩材としてはもう陳腐になっていたから、と思われます。それでも辺塞詩の中に、殺伐とした辺境や北地の寂寥、荒涼たる秋の情景を表象する添景として散見します。例えば次の詩です。

盛唐・儲光羲の「関山月」

一雁過連営　　一雁　連営を過ぎ

繁霜覆古城　　繁霜　古城を覆う
胡笳在何処　　胡笳　何れの処にか在る
半夜起辺声　　半夜　辺声を起こす

一羽の雁が辺境に連なる陣営の上を寂しく飛んでゆき、いっぱいに降りた霜が古い町を白く覆っている。胡笳の音が何処からともなく聞こえ、夜半に辺境の音楽が悲しく響く。

詩題の「関山月」は、離別の情がテーマの楽府題ですが、これは荒涼とした辺境の情景を詠い、暗にそこに駐屯する兵士の悲しい心情を映すもの。季節は霜が降りる秋、南へ渡り遅れの一羽の雁も過ぎ去り、悲しみを帯びた胡笳の音が聞こえるばかりの夜。胡笳は、音色が悲しいので悲笳とも称される西北方の異民族の葦で作った笛。連営を飛び去る一雁はもの寂しい辺境の秋を表象する添景として描かれたものです。

中唐・李益の「聴暁角」（暁角を聴く）詩

辺霜昨夜堕関楡　　辺霜　昨夜　関楡に堕ち
吹角当城片月孤　　吹角　当城　片月孤なり
無限塞鴻飛不度　　無限の塞鴻　飛びて度らず
秋風吹入小単于　　秋風吹き入る　小単于

昨夜関所の楡の木に辺境の霜が降り、暁を告げる角笛の音が響く当城のまちの空にはポツンと弓張り月、辺塞の無数の雁は飛び去らず空中に群れており、秋風が角笛の「小単于」曲の調べに吹き入る。

これは辺塞の地で、暁角（夜明けを告げる角笛の音）を聞いたときの詩。角は、軍中で時刻を知らせるために吹く角笛。霜が降りる辺塞の暁天に無数の塞鴻が群れている。鴻は大形の雁で、辺境の殺伐としてもの寂しい秋の情景の添景です。小単于は角笛の曲名。

中唐・盧綸の「和張僕射塞下曲」（張僕射の塞下曲に和す）其三

月黒雁飛高　　月黒く雁の飛ぶこと高し
単于夜遁逃　　単于　夜　遁逃す
欲将軽騎逐　　軽騎を将て逐わんと欲すれば
大雪満弓刀　　大雪　弓刀に満つ

月が黒い（月明かりがない）夜空に雁が高く飛ぶ夜、単于（匈奴の首長）が逃走した、軽騎兵をひきいて匈奴を追おうとすると、大粒の白雪が弓や刀の上に降り積もる。

この詩の雁は、秋の季節を示す添景。匈奴との戦場になる北方の辺境は、秋なのに大粒の雪が兵士の弓や刀に積るほど寒く荒涼とした所だ、という詩。

十一　日本漢詩にみる唐詩の受容（本歌取り？）

日本人は『懐風藻』からも窺えるように、中国の詩をお手本として盛んに漢詩を作り、日本漢詩というジャンルがあるほど多くの作品を作って来ました。その中に唐詩の語句、用語を意識的に用いている作品があります。唐の詩人が唐詩の本歌取りをする場合、基本的に本歌の語句や用語を用いいつつ本歌の詩想、趣旨も踏まえた重層的な世界を構築し、その重なり具合やずれ方が一つの見どころになるのですが、日本漢詩の、中でも江戸時代以降の漢詩には、本歌の唐詩の語句、用語を取り出して用いつつも本歌とは別趣の自分の世界を作る傾向が見られます。ここが面白さであり、また本歌の詩想やテーマをどのように見ていたのかしらという興味を覚える所でもあるので、以下に何首か紹介します。

江戸・柴野栗山の「月夜歩禁垣外聞笛」（月夜に禁垣の外を歩し笛を聞く）詩

上苑西風送桂香　　上苑の西風　桂香を送る
承明門外月如霜　　承明門外　月　霜の如し
何人今夜清涼殿　　何人か今夜　清涼殿
一曲霓裳奉御觴　　一曲の霓裳　御觴を奉ず

御苑を吹く秋風が木犀の香りをただよわせ、承明門（御所の南面の門）の外は月の光が霜のように冴えわたる、ふと清涼殿のほうから霓裳羽衣（玄宗が作曲したという曲の名）の笛の音が聞こえた、誰かが今夜天子様の宴会で一曲ご披露しているのだろう

この詩は、京都で勉学中の柴野栗山が（三十歳ころ）、九月十六日の夜に御所の外を散歩している折に、ふと笛の音を聞いて作ったもの。古都の月の美しい秋夜の情景が上品に詠われています。前半、桂（木犀）は月の縁語ですから二句目の「月霜の如し」を上手く呼び起こします。二句目は、盛唐・李益の「夜上受降城聞笛」詩の「受降城外月如霜」の句の受降城を承明門にして用いたもの。李益の詩は、辺境に出征した兵士の望郷の思いを詠ったもので、次のような内容です。受降城は、内蒙古自治区の包頭の西北、黄河沿いにあった辺境の塞、回楽峰はその少し南にある山。

回楽峰前沙似雪　　回楽峰前　沙　雪に似たり
受降城外月如霜　　受降城外　月　霜の如し

不知何処吹蘆管　　知らず　何れの処か芦管を吹く
一夜征人尽望郷　　一夜征人尽く郷を望む

回楽峰の前は沙漠の沙が（月に照らされて）雪のように白く、受降城の外は月の光が霜のように冴えわたる、どこからか芦笛（辺境の異民族の楽器）を吹く音が聞こえてきた、その悲しい調べを聞いて、この夜、出征兵士は皆故郷の方を望み見た。

柴野栗山（一七三六～一八〇七）の詩は、前半は李益の詩の「～外月如霜」の語句をうまく取り入れ、後半は月夜に笛の音を聞くモチーフとして、本歌のテーマや詩想とは全く別趣の、古都の秋月のもと、桂花の香とともに朝廷の宴会の霓裳羽衣の曲の笛声が聞こえてきたと、雅な世界に仕立てました。日本漢詩のうまい唐詩受容の一つの型です。

江戸・菅茶山の「遊芳野」（芳野に遊ぶ）詩

一目千株花尽開　　一目千株花尽く開き
満前唯見白皚皚　　満前唯見る白皚皚
近聞人語不知所　　近くに人語を聞くも所を知らず
声自香雲団裏来　　声は香雲団裏より来る

（芳野山に来てみると）「一目千本」と称されるように多くの桜の樹が満開で、目の前一面に見えるのはただ（雪が積もったかのように）真っ白な景色、近くで人の話し声は聞こえるが人のいる所は分からない、声は香雲（満開の桜の花）のかたまりの中から聞こえてくる。

これは、七七歳の菅茶山（一七四八〜一八二七）がお弟子を数名引き連れて、備後の国（広島県）から、桜の名所の芳野（吉野）にお花見に来て詠った詩。前半は、たくさんの桜が満開で吉野山は雪が積もったよう、と桜の花の盛大な様子が描かれています。ポイントは三句目の「人語」で、後半は次の盛唐・王維の「鹿柴」詩の本歌取りです。

盛唐・王維の「鹿柴」詩

空山不見人　　空山人を見ず
但聞人語響　　但だ人語の響きを聞く
返景入深林　　返景深林に入り
復照青苔上　　復た照らす青苔の上

空山（木々は茂っているがひっそりした山）に人影は見えないが、人の話し声は聞こえる、やがて返景（夕日の光）が深い森の奥まで入りこむと、青苔が赤い夕日に照らしだされる。

王維の詩は、王維が休暇に隠逸生活を楽しむ網川荘という別荘に設けた二十の名勝（網川二十景）

を詠った詩の中の一つ。前半は、シーンとした山に人影は見えないが話声が聞こえる。静かな所に何かの音を配するのは静けさを強調する手法の一つです。ここの「人語（樵、隠者の話声）の響き」は深山の奥の静寂さを表します。しかし菅茶山は、これを声はすれども姿は見えないモチーフと見て、香雲のかたまりの中から「人語」が聞こえる、と詠ったのです。香雲に隠されて、俗な花見客の姿や酒盛りの様子、猥雑な人混みが見えなくなり、風雅な桜の花の美しい世界になりました。王維の「鹿柴」詩の上手い同工です。

江戸・頼山陽の「遊嵐山」（嵐山に遊ぶ）詩

清渓一曲水迢迢　　清渓一曲　水迢迢
夾水桜花影亦嬌　　水を夾む桜花　影も亦た嬌なり
桂楫誰家貴公子　　桂楫誰が家の貴公子ぞ
落紅深処坐吹簫　　落紅深処　坐して簫を吹く

清らかな谷が一曲りして水は遠く流れ、両岸の桜の水面に映る花影も美しい、綺麗な桂のかいで舟遊びをしているのは誰の家の貴公子だろう、花筏の深く積る所で簫を吹いている。

この詩は頼山陽（一七八〇～一八三二）三二歳、春の作。この年の二月、頼山陽は師の菅茶山から推薦された福山藩儒官の職を断り、学頭を務めた廉塾（広島県にあった）を出て京都にのぼり、蘭医の小石榁園の家に身を寄せます。桜の咲くころ小石榁園の案内で嵐山に遊びました。これはその折のもの。嵐山は京都市西部にある山で、桜や紅葉の名所です。前半は、清らかな大堰川の流れ、そこに映る桜の影も美しい。一句目の「清渓一曲水迢迢」の「清渓一曲」は、杜甫の「江村」詩の「清江一曲　村を抱いて流れる」から取ったもの。清江を清渓にしたのは、大堰川が嵐山と小倉山（亀山）の間を流れているからであり、また二句目の「水を夾む桜花」が自然につながる工夫です。「水迢迢」は四句目の「吹簫」と併せ見ると、この詩が晩唐・杜牧の「寄揚州韓綽判官」詩（三六頁）を本歌取りしていると分かります。杜牧の詩の吹簫は、簫の名手の簫史が妻にした秦の穆公の娘弄玉に簫を教えた故事を踏まえて、当時、皆が憧れる繁華な街であった揚州にいる「玉人」（韓綽判官）に、月夜に舟で橋を過ぎながら弄玉（のような素敵な女性に）に簫を教えたりして楽しく過ごしているのだろう、と羨む気持ちを伝えたものですが、頼山陽は、貴公子が桜の花筏の美しい所で簫を吹いている、と桜の季節に大堰川で舟遊びする高貴な都人が笛を吹いている平安絵巻のような雅やかな世界を描き出しました。

〈参考〉杜甫の「江村」詩

清江一曲抱村流　　清江一曲　村を抱いて流る
長夏江村事事幽　　長夏　江村　事事幽なり
自去自来梁上燕　　自から去り自から来たる梁上の燕

相親相近水中鷗　　相親しみ相近づく水中の鷗
老妻画紙為棊局　　老妻は紙に画いて棊局を為り
稚子敲針作釣鈎　　稚子は針を敲いて釣鈎を作る
多病所須唯薬物　　多病　須つ所は唯た薬物
微軀此外更何求　　微軀　此の外に更に何をか求めん

幕末から明治・菊池三渓の「備後三郎題詩図」（備後三郎詩を題する図）詩

警柝無声燎影残　　警柝声無く燎影残り
桜花樹底夜初闌　　桜花樹底　夜初めて闌なり
虎狼不解何詞意　　虎狼は解せず何の詞意かを
独有君王帯笑看　　独り君王の笑を帯びて看る有り

夜廻りの拍子木の音も無くなりかがり火が残るばかりになって、桜花の樹のあたりはようやく夜が尽きる、トラやオオカミのような警護の武者は備後三郎が桜の幹を削って書いた詩の意味を理解できないが、独り後醍醐天皇だけが笑みを浮かべてご覧になったことだ。

この詩は、備後三郎（児島高徳）が隠岐の島に流される後醍醐天皇を救い出そうして果たさず、途中の行在所の桜樹を削り「天　勾践を空しうすること莫れ、時に范蠡無きにしも非ず」の詩を書いて志を述べた故事（『太平記』。なお隠岐の島に配流になったのは、後鳥羽上皇です）を描いた絵図を見てのもの。三句目の「虎狼」は残忍な者の比喩、ここは後醍醐天皇を護送する武者。この詩のポイントは、李白の「清平調子」詩其三（八二頁）の「長に得たり君王の笑みを帯びて看るを」、を本歌取りした四句目の「独り君王の笑を帯びて看る有り」です。君王の御意にかなって、君王がにっこり笑ってご覧になった対象を児島高徳の忠義の心にした所が菊池三渓（一八一九〜一八九一）のアイディア、機知です。李白の詩では、君王（玄宗）は美しい楊貴妃と牡丹の花が御意にかないにっこりと笑いご覧になったのです。

明治から昭和の徳富蘇峰の「落花」詩

蝶舞蜂歌到処宜　　蝶舞い蜂歌い到る処宜し
香雲漠漠草離離　　香雲は漠漠たり　草は離離たり
早春何若晩春好　　早春何ぞ若かん晩春の好きに
満袖軽風花落時　　満袖の軽風　花落つるの時

蝶が舞い蜂が歌うように羽音をたててどこも（晩春に）ふさわしく、香雲（満開の桜の花）がひろがり春草が生い茂っている、早春がどうして晩春の素晴らしさに及ぶだろうか、袖いっぱいに軽風（そよかぜ）が吹き（桜の）花がハラハラ散るこの晩春の時に。

これは落花の景色のよさから晩春の方が早春よりもいい、と詠う詩ですが、花の散る景色は惜春の情を詠う詩が一般的である中では珍しい作品です。唐詩の受容の観点からみると、二句目の「香雲は漠漠たり　草は離離たり」が驚きの語句の用い方です。この句は、晩春の情景描写として晩唐・竇庠の「上陽宮」詩（八一頁）の一句目の「愁雲は漠漠たり　草は離離たり」の愁雲を香雲に変えただけで本歌取りしたものですが、全く別の趣向の句にしています。本歌の「上陽宮」詩では、この句は玄宗の没後百年もたたないうちに荒廃した「上陽宮」の御苑のもの悲しい情景を詠いつつ、そこに咲き残る万年枝の花に、当時の宮女の未練や無念さ呼び起こす舞台装置でした。「落花」詩は香雲とすることで、桜の花のはらはら散る美しさを詠うための舞台装置にしたのです。奇抜なアイディアの本歌取りになりました。なお「蜂歌」は見慣れない語の組み合わせです。徳富蘇峰（一八六四～一九六七）はジャーナリスト、文豪として有名ですが、漢詩人としても「今山陽」と称されました。

これらの詩は、唐詩の語句をうまく用いて自分の詩の世界を構築した名作です。先に見た藤井竹外の「芳野懐古」詩（七九頁）が、元稹の「行宮」詩を唐の詩人のように本歌のテーマを意識しつつ本歌取りしているのとは違った傾向で、読者はおやっ？　としますが、ここがまた作者の狙い眼かとも思われます。どちらが本流なのか、いずれにしても、「唐詩の本歌取り」の観点からみると日本漢詩は、唐詩をとても巧妙に織り込んだ知的な文学作品であることが分ります。

あとがき

『唐詩の系譜―名詩の本歌取り』と題する本書が研文選書の一冊として出版されて、唐詩が中国の古典詩の中でも最もハイセンスと思っている私は、これで少しでも多くの人に唐詩の面白さ、味わい深さを伝えられるのではないかと、嬉しく喜んでいます。

唐詩に関する注釈書や解説書は、各詩人の作品集あるいは、山水、隠逸、行旅、酒や茶、地域や季節等のテーマ別でもたくさん出版されていますが、唐代の詩人が唐詩の名作を本歌取りした詩の系譜という括りでの刊行は、本邦初と自負しています。

「本歌取り」は、本来和歌などで用いられる技法ですが、唐代の詩人にも詩作に際して本歌取りの発想があったことは、興膳宏先生の論文「王昌齢の創作論」（『中国詩人論　岡村繁教授退官記念論集』所収　汲古書院　一九八六年刊）から分かっています。これは盛唐・王昌齢（六九八―七五七）の『詩格』と題する詩論の書についての考察を詳細に述べたもので、興膳先生は『詩格』を「生活の中で発想された創作論」、「創作者としての実践的な立場からの文学理論」とし、生活の中で営まれる文学創作の具体的な提言として、「意」と「景」の融合を説く王昌齢の論はさらに一歩を進めて、そのための技術的な方法論に話を及ぶと、次の文（王昌齢の主張）を引用されています。

「――凡そ詩を作るの人は、皆な古今の詩語の精妙の処を抄《うつ》し、名づけて随身の巻子と為し、以て苦思を防ぐ。文を作るに興若し来たらざれば即ち随身の巻子を看て以て興を発するなり」（第十五段）

「凡そ文を作るには、必ず須く古人及び当時の高手の意を用うる処を看て、新奇の調有らば之を学ぶべし」（第四十章）

王昌齢は本歌取りの語こそ使っていませんが、詩作の方法として、古今の詩の精妙な（優れて美しい）詩語はメモしておき、昔や今の詩の上手な詩人の新奇な（目新しくて珍しい）詩想、アイディアはお手本にすべき、と本歌取りを勧めているのです。この詩論が当時の詩人たちに受け入れられていたことは、同論文が引用する次の空海の言から明らかです。

「王昌齢『詩格』一巻、此れは是れ在唐の日に、作者の辺に於いて、偶たま此の書を得。古の詩格等数家有りと雖も、近代の才子は、切に此の格を愛す」（「劉希夷集を書して献納する表」『性霊集』巻四）

空海の言う「近代の才子」が誰を指すかは不明ですが、近代（近い時代、このごろ）の才能ある詩人たちは「切に此の格を愛す」状況であった、と窺えます。空海が唐にいたのは八〇四年から八〇六年で、中唐のころであり、白楽天や劉禹錫は三三、四歳、韓愈は三七、八歳です。「此の格」の格について、興膳先生は「格とは……詩の創作に関して言えば、詩作に関して注意すべき各種の心得というほどの趣旨であろう」と同論文の中で解説されています。本書の系譜の中で紹介した作品は、この王昌齢が推奨した詩作の方法論が実践されていたことを一部ですが証明したことになった、と改めて思います。彼らが名詩と認めた本歌を含めて、本歌取りした詩に表現された詩人の工夫、込めた思いなど唐詩の奥深さや妙味を知っていただければと願っています。

本書では、本歌取りの面白さをより分かりやすく伝えようと、本歌取りの語句（キーワード）以外の語は、その語意を通釈の中に訳しこみ、必要に応じて解説のところで説明を加えるに止めました。唐詩の本文は、中華書局出版の『全唐詩』に基づき、各詩の制作年代や背景、語句の解釈などは中華書局の中国古典文学基本叢書の各本を基本に、日本や中国で出版されている『文選』、『玉台新詠』、『唐詩選』、『三体詩』、『唐詩三百首』や各詩人の注釈書・解説書を参考にしましたが、煩瑣を避けていちいちを引用しませんでした。

恩師の石川忠久先生が三十数年前に、中国の古典詩の研究に取り組むならば自分でも作ってみることが大切だ、と当時の若手を対象に漢詩（主に七言絶句）を作る会「桜林詩会」を始められました。私も参加して毎月一度、拙作を添削していただき、当初は無我夢中でしたが、次第に近体詩には平仄や押韻の決まりはもちろん、テーマを伝えるために一語一句も不要な言葉はない、という当たり前のことを実感するようになりました。こういった視点で漢詩を見ると、特に名作とされ人口に膾炙している唐詩は、まさにすべての語にそのテーマを伝えるための意味があることが得心できます。だからこそ、本歌取りをしている唐詩の、本書でキーワードとして注目した語句に出会った時に、作者と本歌を共有していない私は、なぜここにこの語句があるのかしら、と疑問がわいたのです。

例えば、劉長卿の「酬李穆」詩（本書八四頁）の「黄葉青苔」です。村上哲見先生の『三体詩』（朝日新聞社　中国古典選29　昭和五十三年刊）では、この詩は「前半二句は遠来の客をねぎらう意。……後半は貧乏暮らしで何のもてなしもできぬが、悪く思わぬようとあやまる意である」として、「黄葉青苔」には何も言及されていないのですが、詩の印象として「女婿に対する好意がにじみでている」と解説されています。この詩の「黄葉青苔」について、漢詩を作るための有名な手引書、太刀掛呂山著の『漢詩作法入門講座』（名著普及会　昭和六十年刊）では、詩の前半、後半の解説は村上先生の解説と同じですが、「結句「黄葉青苔満貧家」の句は有名で、これ以後、貧家庭を詠じる時の故事として多用される」と「黄葉青苔」を貧家庭のモチーフと捉えています。これは本書の第十一章、日本漢詩にみる唐詩の受容で、例に挙げた江戸の漢詩人に近い捉え方と思います。

いずれにしても隔靴搔痒の感は否めず、「黄葉青苔」を深堀した結果が、本書の第二章、初唐・張九齢の「秋夕望月」詩を本歌とする詩—恋しい人を待つ庭に「青苔」「黄葉」がある情景の系譜になりました。

他の章もなぜここで作者は愁えるのか、とかこの情景は何を表現しているのかといった素朴な疑問を解決しようと深堀した結果を整理したものです。途中でどんどん枝分かれして行くので、割愛した作品も多いのですが、本歌取りの本流を示す詩に限りました。

最後になりましたが、本書の出版を快くお引き受け下さった研文出版の山本實社長に厚くお礼申し上げます。初校を見て読みにくいという私の思いを酌んで組み方も工夫して下さいました。もう一度お礼申し上げます。

二〇一八年酷暑の七月　　矢嶋　美都子

矢嶋 美都子（やじま みつこ）
1950年群馬県高崎市生まれ
亜細亜大学法学部教授
博士（人文科学、お茶の水女子大学）
著書 『庾信研究』（明治書院、2000）、『佯狂―古代中国人の処世術』（汲古書院、2013）、『研究資料漢文学　詩　Ⅲ』（共著、明治書院、1993）など

研文選書 128

唐詩の系譜
――名詩の本歌取り――

2018年 9月20日初版第1刷印刷
2018年10月 1日初版第1刷発行

定価［本体2700円＋税］

著　者　矢嶋美都子
発行者　山本　實
発行所　研文出版（山本書店出版部）
東京都千代田区神田神保町2-7
〒101-0051　TEL 03-3261-9337
FAX 03-3261-6276
印　刷　モリモト印刷
カバー印刷　ライトラボ
製　本　大口製本

ISBN978-4-87636-439-8